你应该熟读的

世界经典诗歌

钟洛印　主编

百花洲文艺出版社

图书在版编目（CIP）数据

你应该熟读的世界经典诗歌／钟洛印主编. —南昌：
百花洲文艺出版社，2018.8
  ISBN 978－7－5500－2809－8

  Ⅰ．①你… Ⅱ．①钟… Ⅲ．①诗集－世界 Ⅳ.
①I12

  中国版本图书馆 CIP 数据核字（2018）第 086887 号

你应该熟读的世界经典诗歌

钟洛印 主编

出 版 人　姚雪雪
出 品 人　杨建峰
责任编辑　刘　云
美术编辑　松　雪　王　进
制　　作　王　进
出版发行　百花洲文艺出版社
社　　址　南昌市红谷滩世贸路 898 号博能中心 A 座 20 楼
邮　　编　330038
经　　销　全国新华书店
印　　刷　河北鹏润印刷有限公司
开　　本　880mm×1230mm　1/32　印张　10
版　　次　2018 年 8 月第 1 版第 1 次印刷
字　　数　241 千字
书　　号　ISBN 978－7－5500－2809－8
定　　价　38.00 元

赣版权登字 05－2018－196
邮购联系　0791－86895108
网　　址　http://www.bhzwy.com
图书若有印装错误，影响阅读，可向承印厂联系调换。

前　言

　　诗歌是最古老、最具有文学特质的文学样式，是一种阐述诗人心灵的文学体裁。 古今中外的诗人们，用凝练的语言、充沛的情感以及丰富的意象来高度集中地表现社会风貌和人类精神世界。 诗歌随着人类的文明史一同萌芽、生长，可以说，诗歌和历史一样古老，又和青春一样年轻。 诗歌是在各民族开放出最初的文明之花。诗是最富民族性的文学形式，它比小说、散文产生得更早，也更直接地抒发人类的情感。

　　世界经典的诗歌，由古希腊的荷马、萨福和古罗马的维吉尔、贺拉斯等诗人开启创作之源。 每一国的诗植根于自己民族的土壤，反映着不同的民族生活、时代风貌、社会习俗，在诗体、风格、形式上都自有特色。 许多诗歌名篇为我国读者熟悉和喜爱。 比如，萨迪的《蔷薇园》、彭斯的《一朵红红的玫瑰》、叶芝的《当你老了》、歌德的《五月之歌》、普希金的《假如生活欺骗了你》、莱蒙托夫的《祖国》、狄金森的《没有一艘快船能像一本书》、休斯的《黑人谈河》、叶赛宁的《给母亲的信》，以及海涅、里尔克、惠特曼、泰戈尔、聂鲁达、纪伯伦、阿赫玛托娃、茨维塔耶娃、博尔赫斯、庞德、希梅内斯等人的诗，真是数不胜数。

为了方便爱好诗歌的读者朋友一览世界经典诗歌，我们精心编辑了这本《你应该熟读的世界经典诗歌》。书中收录了近200首经典诗歌，囊括了众多诗歌大国各个时代、各种流派的经典诗作，代表着世界诗歌创作的最高成就。本书按照作者出生年月的先后排序。书中设有"赏析"栏目，以帮助读者了解作者的基本情况，准确、透彻地把握作品的思想主题，领略诗歌艺术的神奇魅力。

相信本书一定会成为您真诚的朋友，愿好诗伴您度过美好的岁月。

2018 年 5 月

目　录

夜

萨 福①

月儿西沉，七星也消隐，
已近午夜时分，
时光总在飞逝、飞逝，
伴我独眠人。

（辜正坤 译）

【赏析】

月落星稀，光景已是暗淡得可怕，而更深人静，冬寒侵肤，使人倍感凄凉。 可恼的是，时光流逝得又偏偏如此缓慢，"时光总在飞逝、飞逝"，此情此景，何堪忍受？ 然而最难忍受者，是辗转于寒夜之中、久久不能入睡的独眠人！ 一个"独"字点出全篇诗眼。前面极写种种凄清的景象，全为烘托这个字，用心不谓不良苦。 萨福之哀婉笔触，在这寥寥数行中更显得珠圆玉润、四照玲珑。 通篇不见"寒""静"字样，而又无处不在寒静氛围之中，所谓以意贯穿，泻化无痕。 待到"独"字一出，宛若崩弦裂帛，令人柔肠寸断，悲不自胜，非萨福不能作此。

（辜正坤）

---

① 萨福（约公元前612—?），出生在古希腊的莱斯博斯岛，是古希腊最杰出的抒情女诗人之一，也是西方文化中最伟大的女诗人之一。 萨福诗大都描写缠绵悱恻的爱情，词句艳丽无比，情调感伤，感情真挚。 她被看成是诗国中的"女荷马"，被柏拉图称为"名列第十的缪斯"。

致荣誉

亚里士多德①

荣誉，你人间难得的品格，

你世上最好的猎物，

女神，为了你的美，

而就死，而吃大苦，

在希腊是可羡慕的命运。

人们一心想着你，

至死热爱你，胜过爱黄金，

美玉，以及温柔的睡眠眼睛。

为了你，宙斯之子赫拉克勒斯，

为了你，勒达的双生子，

经受大劳苦，作出大业绩，

颂扬你的威力。

（佚　名　译）

【赏析】

《致荣誉》是一首别具匠心的抒情小诗。荣誉亦为美德，乃希腊人最看重的品格。但它是一种很抽象的概念，对它的称颂很容易流于空洞浅露，如诗中第一行"荣誉，你人间难得的品格"。诗人的过人之处就在于他巧妙地解决了这个问题。其方法有二：一是运用比喻，使抽象之物形象化；一是例说。

---

① 亚里士多德（前384—前322），古希腊哲学家、自然科学家和文艺理论家。亚里士多德一生著述甚丰，涉及面广，包括逻辑学、物理学、生物学、伦理政治和文学等。文艺理论著作有《诗学》和《修辞学》。

首先，诗人把荣誉比作"世上最好的猎物"，猎物是人人追逐的目标。其次，他把荣誉比作"女神"，女神的美也是人人心所向往的对象。这两个设喻都很恰当，也很精巧，取喻体和喻本之神似。这样，"为了你的美／而就死，而吃大苦／在希腊是可羡慕的命运"，便是情理之中的事。接着诗人采用对比反衬的技法来加深这种印象。"黄金、美玉，以及温柔的睡眠眼睛"皆世间珍稀之物，诗人把"荣誉"凌驾于三者之上，取得了突出和加强的效果。

另外，这首诗的成功之处还在于诗歌形式和内容的统一。一方面，诗人大量使用短句，加快诗歌节奏和推进速度；另一方面，他大量运用了句式的重复，增加激情的浓度和强度。

（萧源波）

啊，请对这颗心垂怜！

欧麦尔[①]

啊，请对这颗心垂怜！
一片痴情，充满爱恋，
梦呓般念着美女的芳名，
她的明眸总把秋波闪。

她走路是那样婀娜多姿，
既从容又傲慢，
像柔嫩的树枝，
在树上摇曳、抖颤。

每当她出现在面前，
我的眼神就慌乱，
直到她走远了，
渐渐消失，不再看见。

有一天晚上，
我见到了她和她的女伴，
她们悠闲地漫步，
在"伫立处"与玄石间。

---

① 欧麦尔（644—711），阿拉伯伍麦叶朝著名诗人。 他曾漫游麦地那、也门、叙利亚、伊拉克等地。 为人风流倜傥、放荡不羁，常把自己的艳遇写成诗歌，供歌女们在麦加、麦地那传唱。

我心中正想着她，
她心里也把我念，
命运就作好了安排，
我们不期相遇在夜晚。

淑女个个多俊美，
苗条的腰身洁白的脸，
娴雅地轻轻移步，
好似羚羊一般。

她们是那样美丽，
美得不啻天仙，
却又庄重、温淑，
半含羞赧、娇嗔。

她开口时，女伴都洗耳恭听，
听她倾心而谈。
她们都尊敬她，
听她金玉良言。

"我们总走不好'绕行'，
都因欧麦尔把心搅乱。"
一个女友对她说。
而她则对女友指点：

"好妹妹，你要把他阻拦，

让他认清我们的脸，

然后再羞答答地，

对他暗送一个媚眼！"

女友说："我已暗送秋波，

可他竟不肯靠前。"

说罢她匆匆站起，

急忙跟在我的后面。

（仲跻昆　译）

【赏析】

这首情诗所述的对象是古莱氏族美女泽娜布·宾图·穆萨。 前三节主要写情人的美，诗人的爱：她婀娜多姿，像柔嫩的树枝在摇曳，明眸总把秋波闪；他一片痴情，梦呓般念着她的芳名，一见到她就眼神慌乱。 尔后主要写诗人夜晚在麦加圣寺邂逅并窥视自己的情人及其女友们的情景。 以情叙事，以事抒情，是欧麦尔情诗的特点。

欧麦尔常在诗中一方面描写和赞美那些美女名媛，另一方面又通过她们之口，表达出她们倾慕追求他的心愿，表现自己才貌出众、卓尔不群。 这也是欧麦尔的艳情诗的特点。 其诗艳而不淫，且因为要供歌女传唱，所以诗句轻柔入乐，语言流畅，浅白如话。

（仲跻昆）

我的恋人如此娴雅

但　丁①

我的恋人如此娴雅如此端庄，
当她向人行礼问候的时刻，
总使人因舌头发颤而沉默，
双眼也不敢正对她的目光。

她走过，在一片赞美的中央，
但她全身却透着谦逊温和，
她似乎不是凡女，而来自天国，
只为显示神迹才降临世上。
她的可爱，使人眼睛一眨不眨，
一股甜蜜通过眼睛流进心里，——
你绝不能体会，若不曾尝过它：

从她樱唇间，似乎在微微散发，
一种饱含爱情的柔和的灵气，
它叩着你的心扉命令道："叹息吧！"

（飞　白　译）

【赏析】

　　这首诗选自但丁的抒情诗集《新生》。 这部诗集写于 1283—1291 年，是但丁对贝亚特丽齐的恋情的结晶。 它包括了 31 首抒情

---

① 　但丁(1265—1321)，意大利文艺复兴运动的伟大先驱，卓越的抒情诗人。

诗，用散文联为一体。《新生》叙述了但丁经历的爱情的三个阶段。第一个阶段是自我中心。诗人被爱所折磨而无法倾诉。第二个阶段发展为对情人的由衷赞美。而到第三阶段，贝亚特丽齐已经超凡脱俗，在天国享受永恒的至福。在诗集中，尘世之爱与天国之爱混在一起，体现了但丁作为"中世纪的最后一位诗人"和"新时代的第一位诗人"（恩格斯语）的两重性。

这种两重性在本诗中也可看出来。但丁一方面用极其感性的文字写了他的恋人具有的激发情感的力量，它使人"舌头发颤"、"双眼也不敢正对她的目光"；一方面又力图把这种女性的魅力净化为宗教情感，使你除了对她顶礼膜拜外，不能产生任何肉感的联想。于是人间的"凡女"变成了"来自天国"的女神，尘世之爱升华为天国之爱。

这首诗的形式叫"温柔的新体"，是当时爱情诗的主要形式，后发展为十四行诗，押韵方式为 abba，abba，cde，cde。

（张德明）

失去价值的花儿

薄伽丘①

失去价值的花儿，
已经枯萎，再也不会变绿。

我失去了价值，
我的美再也不像过去，
失去年华的人总想追回它，
这是无用的希望徒劳无益，
我不是春天，
年年更新年年又翠。

我诅咒时间，
使青春飞逝。
可你仍是妙龄少女，
不会想到被爱抛弃；
如果失去最美年华的爱，
谁还会有生活的乐趣。

你跳舞吧，我很痛苦，
因为无法给你谱曲，

---

① 薄伽丘（1313—1375），意大利作家、诗人。1348—1353年完成巨著《十日谈》。代表作有《苔塞伊达》《亚梅托的女神们》《菲埃索洛》《诗集》等。

你知道，我的心虽然活着，

但只有叹息，苦痛和泪水；

我将这样活到生命的尽头，

烛台上的火苗流泪燃到台底。

（王天清　译）

【赏析】

《失去价值的花儿》是一首诗曲，它唱出了青春的短暂，易逝，指出了人生行程的不可抗拒，流露出诗人的淡淡哀愁，隐含着他对青年时期一段爱情的回忆，悲叹着春天不再来，爱情不再回归。

在这首诗曲中，诗人把自己比为失去价值的、枯萎的花儿，再也不能享受春天的美景，虽然可以追忆美好年华，但这只能增加痛苦，徒劳无益。可是谁在青春时期没有爱情呢？没有爱情的人生不会有乐趣。年轻的姑娘，趁着美好的时光，赶紧跳舞吧，抓紧时间享受人生，不要被爱情所抛弃。

这首诗曲的语言毫无繁文虚饰，流畅明快，朴素清新，对以后俗语诗的创作有着重大影响。它曾被谱成乐曲，在人们跳舞时咏唱，在意大利广为流行。

（佚　名）

我陷入爱的折磨

拉贝埃·古兹达里①

我深深陷入对他的爱的折磨，
任凭苦苦挣扎，也无法挣脱。
聪明人呵，爱情如海，一眼望不到边，
谁能纵身入海游到对岸？
谁若想在爱情之海中游到彼岸，
就要逆来顺受，忍受痛苦熬煎。
分明是丑的，要想象它美丽，
吞下毒药，要品尝出糖样的甘甜，
我竭力挣扎，想摆脱爱的束缚羁绊，
岂知越挣越紧一切全是徒然。

（张鸿年　译）

【赏析】

这是拉贝埃流传下来不多的抒情诗之一。这首诗反映了一个初恋的少女的痛苦，同时也表现了她矢志不渝的坚定态度。

（佚　名）

---

① 拉贝埃·古兹达里（生卒年不详），伊朗女诗人。拉贝埃是统治巴尔赫的地方政权国王卡博之女，受到过很好的教育，她能用阿拉伯文及波斯文写诗。她的诗语言清丽纤巧，感情充沛炽烈。

不要问我,我所忍受的痛苦的爱情

哈菲兹①

不要问我,我所忍受的痛苦的爱情,

我所尝味的别离的毒药,也不要问。

我在遥远的世间流浪,爱人终于找到了,

是我的心头的欢乐,不要问我她的姓名。

不要问我,我怎么流着我的眼泪,

我的眼泪又怎么沾湿了她的脚印。

不要问我,我们说的是怎样的话,

那是昨天晚上,她亲口说,我亲耳听。

你为什么对我咬着嘴唇?你是什么意思?

我尝味过红玉似的嘴唇?

不要问我什么人。

离开了你,我的草舍的唯一的房客,

不要问我,我到底经历了多少苦辛。

我,哈菲兹,达到了爱情的这一地步,

咳,达到了怎样的地步,你不要问。

(佚 名 译)

【赏析】

歌唱爱情是哈菲兹抒情诗的另一个主要内容。 他的爱情诗感情炽烈,真挚感人。 其中大多可能是他年轻时所作。 哈菲兹有些爱情诗带有神秘主义色彩。 诗人对诗中精细刻画的爱情和美女的赞

---

① 哈菲兹(1327—1390),世界文坛上享有盛名的抒情诗人,有"神舌""设拉子夜莺"的美名,是伊朗人心目中的圣哲。

颂，旨在表达人世间芸芸众生的愿望，借此直抒胸臆——诗人的自由思想。

诗开首伊始，"痛苦的爱情""别离的毒药"便把爱情的忧郁、离愁别绪的苦涩，生动地传达给了读者。正当读者欲知下文时，诗人笔锋一转："也不要问"，把人们带到了对过去的追溯——"我在遥远的世间流浪……"结尾处的两句，既是自问，又是感慨万千。最后的一个"你不要问"与诗开首的"不要问我"相呼应，既达到了全诗结构上的头尾衔接，又使全诗自始至终的真切、深挚的感情进一步的深化，增强了全诗的那种含蓄的情感，达到了言未尽而意无穷的效果。

（佚　名）

咏 草

丰臣秀吉①

与露飘零与露消，
吾生一世何名扬。
风靡盛时难波事，
不过梦中梦一场。

（晓　捷　译）

【赏析】

这首诗是秀吉的辞世之作，流传后世，非常有名。

秀吉是战国时代的武将，在平定天下之后，也留下了若干诗歌作品。但是其中很多是应时酬景之作，有的由身边的文人代笔，极少特色。

在秀吉的诗作之中，这首辞世诗却独具风格，表达了作者的真切的情感。诗的语言明白陈实，直抒胸襟，全无做作之感。其中，仅以"露"与"梦"为诗眼，头尾贯穿，道出了人世无常、盛衰互易的感慨。同时，正因为诗人一生真实地经历了一统天下的荣耀，诗的意境也就具有了更深切的艺术感染力。

（晓　捷）

---

① 丰臣秀吉（1536—1598），日本尾张中村人，早年侍奉战国武将织田信长，称羽柴筑前守。信长死于非难之后，秀吉拥兵平定诸国，终于统一天下，官至关白太政大臣。秀吉盛时在难波（今大阪）筑大阪城，晚年又建伏见城，并死于该地。

美如果有真来点缀

莎士比亚①

呵，美如果有真来点缀，

它看起来就要更美多少倍！

玫瑰是美的，不过我们认为，

使它更美的是它包含的香味。

从颜色的深度上看，没香味的蛆玫瑰，

跟有香味的好玫瑰完全是一类，

蛆玫瑰自从被夏风吹开了蓓蕾，

也挂在枝头，也玩得如痴如醉。

但是它们的好处只在脸上，

它们活着没人爱，

也没人敬仰就各自灭亡。

好玫瑰就不是这样，

死了还可以提炼出多少芬芳。

可爱的美少年，你的美一旦消亡，

我的诗就把你的真炼成奇香。

（屠 岸 译）

【赏析】

这首抒情诗富有哲理性，它是一曲对真美的礼赞和对友情的
颂歌。

---

① 莎士比亚（1564—1616），英国伟大的戏剧大师、诗人，欧洲文艺复兴时
期的文学巨匠。著有《罗密欧与朱丽叶》《威尼斯商人》《无事生非》《哈姆雷
特》《李尔王》等。

诗一开头，就以掷地有声的金石语言写下了"美如果有真来点缀，它看起来就要更美多少倍"的主题。这两行诗是诗人从生活实践中获得的深切感受，也是诗人经过抽象概念的哲学思维所得到的理性认识。它告诉我们，一个人的内在美是最宝贵的，比起外表的美，它是高层次的美。一个人如果外表美而内在也美，那就是真美，才是具有崇高价值的美，这就是诗人的美学观。

诗人不限于说理，又以玫瑰作比，"玫瑰是美的"，然而"更美的是它包含的香味"，由颜色到香味，由表及里的观察，说明诗人所看重的是事物的内在本质。接下去，诗人又区分了没有香味的蛆玫瑰和有香味的好玫瑰的本质不同。蛆玫瑰"被夏风吹开了蓓蕾，也挂在枝头，也玩得如痴如醉"，这景象的确也很迷人，但它没有内在的美（指香味），因而得不到人们的爱和敬仰，时间会使它自行灭亡。"好玫瑰就不是这样，死了还可以提炼出多少芬芳"。诗句的寓意十分清楚地道出了美将长存的关键。

在最后两行，诗人激情满怀地抒发了自己对爱友的深情和挚爱。诗人奉告他的朋友，如果他那有形的美一旦消亡，他将用他那纯美的诗歌吟诵爱友的美德，使之流芳后世。这与第十八首的诗句"你在不朽的诗里与时同长"所表达的意思是一致的。

（陈周方）

我仿佛看见

弥尔顿①

我仿佛看见我圣洁的新妇,

苍白而昏晕,从死神手中回归,

恰似被宙斯的伟大儿子夺回——

阿尔克提斯来见快乐的丈夫。

我的新妇正如按照古法救赎,

由洁净祭礼洗去了产褥的污秽,

正如我深信我必将再有机会,

在天上看见她,清楚而无拘束,

她披着白袍来到,纯洁如她的心灵。

她戴着面纱,但我幻想的视觉,

看见她发出爱、甜而善的光明,

再没有别人脸上会有更大的欢悦。

但当她想拥抱我的一瞬,我已醒,

她消失,白昼又把我带回黑夜。

（飞 白 译）

【赏析】

这首《我仿佛看见》,是弥尔顿著名的十四行诗,大约作于1658 年。 诗的篇幅虽小,不能比他那些长篇巨著,却也充分表现了弥尔顿作品的那种巨大的悲剧精神。 这是一首悼亡诗,诗的背景是

---

① 弥尔顿（1608—1674）,17 世纪中叶英国资产阶级革命（或称清教徒革命）时期的大诗人,他的诗洋溢着资产阶级革命精神,同时也表现了清教徒的道德理想。

这样的：

　　弥尔顿1656年与第二位妻子凯瑟琳·伍德科克结婚，由于当时诗人已失明五年。他从未见过新妇的容貌。婚后一年多，凯瑟琳不幸死于产褥，使弥尔顿悲痛欲绝。更加上当时政治形势也十分严峻，英国共和政体已蜕变成军事独裁，革命果实落入大资产阶级、新贵族手中，复辟危险已迫在眉睫。在国难家祸的忧患交迫下，弥尔顿写下了这首万分沉痛并含有清教徒的宗教色彩的抒情诗。

　　诗的开头就说："我仿佛看见我圣洁的新妇……"因为凯瑟琳结婚不久即亡，故称之为新妇（原文全译为"新娶之妇"）。这里诗人用了一个欧里庇得斯悲剧中的典故：阿尔克提斯的丈夫遭了神谴，阿尔克提斯情愿为夫替死。后来幸而被宙斯之子、英雄赫拉克勒斯将她救回人间。这里指的是弥尔顿梦中看见妻子回来的形象。

　　前十二行诗对梦境的描写充满着美好的憧憬，以带宗教性的纯洁情绪冲淡了哀伤。然而最后两行诗发生了逆转：诗人的醒觉使幻景消失无遗，不仅爱妻的形象消失，连一切光明也消失了。"白昼又把我带回黑夜"的冲击是如此强烈，情感是如此悲怆，诗人把丧侣的哀伤、失明的痛苦，以及对现实的失望，全都凝聚在"黑漆漆的白昼"这样一个沉重的意象中了。

（飞　白）

致羞涩的姑娘

马韦尔①

假如我们有足够的时间和地方，

这点忸怩并不算罪过，我的姑娘。

我们可以坐下来仔细思量，

该到哪里漫游，

好打发这漫长的爱的时光。

你尽可以在印度恒河畔寻找宝石，

而我则面对家乡亨伯河的波涛，

倾诉我百折的柔肠。

我会从上古洪水之前十年就开始爱你，

而你只要愿意也可以拒绝坠入情网，

一直到犹太人皈依了基督教时也无妨。

我这植物般缓慢生长的爱情，

悠久，超过历代王朝，

广阔，越过万国边疆。

我要用一百年来把你的美目赞美，

用一百年来把你的前额歌唱。

我要用二百年来欣赏你的一个乳房，

用三万年来欣赏别的地方。

---

① 马韦尔（1621—1678），出身于一个英国教士家庭。他作品不多，生前从未发表一首诗歌。他死后两年多，他的管家才把他的几首诗编为一集，刊印成册。几个世纪以来，对马韦尔的评价越来越高。19 世纪的浪漫诗人从马韦尔的语言的角度，指出了他的诗歌甜美、自然、和谐的特点。

爱慕你的每一部分都要花上一个时代，
一直到最后一个时代才进入你的心房。
小姐，你配得上这种殊荣，
我岂能自贬身价过早如愿以偿。

但是我总听到时间的车轮，
在我背后发出急促的声响，
而横亘在我们前面的，
却是永恒的茫茫大荒。
你的美貌将不复存在，
你那墓穴大理石的拱壁中，
再不会有我的歌声回响。
尸虫会光顾你长保的童贞，
你那矜持会化为乌有，
我的情欲也会烧得精光。
坟墓虽则是个清静舒适的处所，
却没有人会在那里相对吐诉衷肠。

呵，姑娘，趁你冰清玉洁的肌肤，
宛如朝露映着晨光，
趁你心中的痴情如火焰熊熊，
把每个毛孔烧烫。
让我们尽情地把快乐分享，
如同恋情勃发的飞禽，
把时间一股脑儿吞下，
免得反在他的巨腭中委顿消亡。

让我们把所有的柔情，所有的力量，

压制成一枚球形弹，

穿过人生的重重铁门，

把快乐一举夺到我们手上。

这样我们虽不能使太阳裹足不前，

却可以逼迫它向前猛闯。

(辜正坤　沈　双　译)

【赏析】

文艺批评大师艾略特把马韦尔的诗歌放在英国文学和欧洲文学传统的大背景下进行考察，特别指出了他的诗歌机智隽永的特点。艾略特认为马韦尔的机智与其他玄言诗人的机智不同，其他的玄言诗人只是以机智来点缀诗歌，而马韦尔却是把机智和诗歌的主题与意象紧密地联系起来，融合为一体，充分显示了他丰富的想象力。针对这首诗，艾略特认为它那丰富与有层次的意象使得青春易逝这个陈旧的主题脱胎换骨，推陈出新。

一首好诗给人引起的联想往往是多方面的。以后的评论家都从各自不同的角度来谈论这一首诗。比如批评家 Rostvig 就曾经从文艺复兴时期的哲学、伦理学的研究入手，指出这首诗是关于时间的悖论。一方面，时间意味着生长，时间越长，那么爱情也会越来越深沉、广阔。但另一方面，时间太久，生命有限，爱情终究会成为粪土。这首诗是围绕着这两个对立的观点展开，最后使两者得到调和的。诗人最后的结论是要尽情地享受。但 Rostvig 指出这吞食时间的意象以及及时行乐的思想不可以理解为无限地放纵自己。他联系文艺复兴时期非基督教神秘主义的意象以及新柏拉图主义的哲学思想，提出"把所有柔情蜜意揉成一个球体"，这个"球体"实指炮弹。在伦理学和哲学上，这个"炮弹"的意象意味着人必须善于驾驭自己的力量，要在最恰当的时间与地点把炮弹发射出去。 也就是说人既要抓紧时间，又得掌握分寸，要具有"从容加速"（hurry slowly）的本领。 所以最后一部分是全诗的关键，是矛盾的解决。一个"炮弹"的意象使得诗中对于时间的对立观点得到了调和，使诗歌在意义上成为平衡的整体。

（沈　双）

茅舍之感

松尾芭蕉①

芭蕉叶，打秋风，
夜闻铜盥滴雨声。

（佚 名 译）

【赏析】

这首《茅舍之感》作于天和元年（1661）。它以芭蕉、秋风、铜盥、雨声四种意象，组合成一幅芭蕉夜雨、秋风凄凉的景状，抒发诗人孤独、寂寞的情怀。令人不禁想起我国古诗词中"雨打芭蕉"、"纵芭蕉不雨也飕飕"的意境。

日人评述："蕉叶在秋风中抖动，似在听取屋檐下铜盆的滴雨之声。一句诗，活现出秋风之夜的寒凉、清寂之趣。"

（佚 名）

---

① 松尾芭蕉（1644—1694），原名宗房，生于日本伊贺国（今三重县）上野赤坂下级武士家庭。松尾芭蕉是日本俳句史上最为杰出的诗人，他一反当时滑稽、卑俗的俳风，吸取了中国学术文化的精华，如老庄思想的哲理精神，李白、杜甫的超逸诗境，融合了日本古代风雅诗歌的传统，创造出一种闲寂、幽雅、清新的俳句风格。他的作品一直影响着日本俳坛，其诗碑达三百多座，遍布日本各处，在日本文学史上占有十分重要的地位。被尊称为"俳圣"。

五月之歌

歌　德①

自然多明媚，

向我照耀！

太阳多辉煌！

原野含笑！

千枝复万枝，

百花怒放，

在灌木林中，

万籁俱唱。

万人的胸中，

快乐高兴，

哦，大地，太阳，

幸福，欢欣！

哦，爱啊，爱啊，

灿烂如金，

你仿佛朝云，

漂浮山顶！

---

① 歌德（1749—1832），德国伟大诗人。 歌德是德国文学史上具有世界影响的作家，他是"狂飙突进"及"古典文学"的代表，一生创作丰富，尤以诗歌和剧作最为著名。

你欣然祝福，
膏田沃野，
花香馥郁的，
大千世界。

啊，姑娘，姑娘，
我多爱你！
你目光炯炯，
你多爱我！
像云雀喜爱，
太空高唱，
像朝花喜爱，
天香芬芳。

我这样爱你，
热血沸腾，
你给我勇气，
喜悦，青春。

使我唱新歌，
翩翩起舞。
愿你永爱我，
永远幸福！

（钱春绮　译）

【赏析】

爱情是歌德抒情诗的主要源泉。 他说："我们所歌唱的主题，最要紧的乃是爱情。"

这是歌德同布里翁相恋时写下的又一首抒情名诗。

这首诗既歌颂自然，又歌颂爱情，把自然美和人情美交融在一起，描绘出一幅五月迷人的画面。 辉煌的太阳，芬芳的原野，怒放的鲜花，欢唱的云雀……自然界的一切都充溢着蓬勃的生机和青春的喜悦，更衬出了诗人陶醉于爱情中的幸福。 真是"良辰美景、赏心乐事"集于一身了。

歌德在斯特拉斯堡学习期间，曾结交了许多积极参加"狂飙突进运动"的青年朋友，其中热爱民间文学的赫尔德对他影响最大，歌德常常帮助赫尔德从老太婆的口中"搜集民歌"。 民间文学的熏陶，对歌德诗风的转变起了重大作用。 这首《五月之歌》就摆脱了旧传统的羁縻，语言精练流畅，音韵铿锵悦耳，风格明朗纯朴。 歌德曾说，"不是我做诗，是诗在我心中歌唱"，确实，这首诗听起来犹如淙淙清泉，沁人心田，具有一种音乐的美感。 贝多芬曾为它谱曲。

(许自强)

漫游者的夜歌

歌　德

一切峰顶的上空，

静寂，

一切的树梢中，

你几乎觉察不到，

一些声气。

小鸟们静默在林里，

且等候，你也快要，

去休息。

（1780 年）

（冯　至　译）

【赏析】

这是歌德的抒情诗中最精彩的一首，发表于 1815 年。 它名扬全球，脍炙人口，有四个原因。

第一，歌德写此诗有一段生动的逸闻趣事。 歌德应卡尔·奥古斯特公爵之邀，来到魏玛公国做官。 他官居国务大臣，分管矿业、交通、国防，甚至代理过首相。 他胸怀大志，立志改革，然而事与愿违，受到保守势力的重重阻挠。 他同斯泰因夫人关系暧昧，引起人们的风言风语。 因此，他常常登山遣闷。 1780 年 9 月初，他登上了附近的伊尔美瑙山。 9 月 6 日他在最美丽的基克尔哈恩峰上一座狩猎用的小木屋中过夜。 他用铅笔在板壁上写下了这首小诗，作为到此一游的纪念。 1813 年他过生日前又来过一次。 1831 年他过八十二岁生日之时，在两位孙儿及仆人陪同下，又健步来到小木屋里，扶梯而上，重读此诗。当读到"且等候，你也快要／去休息"一句时，感慨系之，不禁怆然泪下。不料次年 3 月 22 日诗人就永远安息了。

第二，这首诗写得短小精悍，情景交融。原诗共八行，仅二十四字。头六行写景。诗人居高临下，俯瞰群峰，一片静寂。再看树梢，也无声息。夜间小鸟归巢，当然也静默在林里。诗人有意选择了群峰、树梢、小鸟这三个词勾画出一幅宁静的夜景素描画，颇具匠心。接着，诗人写情。也许诗人浮想联翩，可以用千言万语写下自己的感慨。然而读者出乎意料地只等到了一句非常平淡的话："且等候，你也快要／去休息。"这写得多么朴素简洁。

从全诗来看，诗人写景是从远而近，从无生物写到生物，再写到人。短短八行，却包括了"三界"，具有高度的概括力。

第三，这首诗音乐性强，朗朗上口。诗歌是语言的艺术，也是听觉艺术，是要读给人听的。原诗中静寂和休息一词，是 u 的长音，正与诗的宁静气氛相协调。也正因为如此，许多名作曲家如舒伯特、李斯特等人为此诗谱曲达二百多首。

第四，这是一首自然抒情诗。它像李白的《静夜思》一诗表达人们望月思乡的情绪一样，超越了时间和空间。任何时代的人都能引起情感上的共鸣。加上诗写得含蓄隽永，语言朴素，意境开阔，回味无穷，使人百读不厌。这些优点使这首小诗闻名于世，并传之久远。

（赵乾龙）

老 虎

布莱克①

老虎！老虎！火一样辉煌，
烧穿了黑夜的森林和草莽，
甚么样非凡的手和眼睛，
能塑造你一身惊人的匀称？

甚么样遥远的海底、天边，
烧出了做你眼睛的火焰？
靠甚么翅膀他胆敢凌空？
凭甚么铁掌敢抓住火种？

甚么样工夫，甚么样胳膊，
拗得成你五脏六腑的筋络？
等到你的心一开始蹦跳，
甚么样惊心动魄的手、脚？

甚么样铁链？甚么样铁锤？
甚么样熔炉里炼你的脑髓？
甚么样铁砧？甚么样猛劲，
一下子掐住了骇人的雷霆？

---

① 布莱克（1757—1827），英国诗人兼画家。 在诗中对英国社会的罪恶进行了严厉谴责。 他的诗歌形象鲜明，文字质朴，富有音乐感。 不少诗具有象征和神秘气息。

到临了，星星扔下了金枪，

千万滴银泪洒遍了穹苍，

完工了再看看，他可会笑笑？

不就是造羊的把你也造了？

老虎！老虎！火一样辉煌，

烧穿了黑夜的森林和草莽，

甚么样非凡的手和眼睛，

敢塑造你一身惊人的匀称？

（1794 年）

（卞之琳　译）

【赏析】

《老虎》是布莱克的重要诗集《经验之歌》中的一首诗，它堪称英国诗歌史上最杰出的作品之一。 这首诗荡气回肠地展现了诗人对神秘造化之探索、领悟、感叹和畏惧。

古往今来，多少人谈虎色变。 "虎"可谓恐怖力量之象征。但曾几何时有人以丰富驰骋的想象把这一象征如此奇妙无比地表现出来？布莱克的"虎"惊心动魄、神奇莫测。 万能的造物主以他巨大的臂膀、万钧的铁锤，在深邃的海底，遥远的天际，在烈火熊熊的炉膛中铸就了老虎威力无穷的脏腑躯体。

在这里，诗人将远景与近物、自然力与造物工、重复与扩展等手法有机地结合起来，谱写了一曲惊天动地的创造之歌。 值得一提的是，布莱克反对传统意义上的善恶之分。 在他眼里，所谓"邪恶"其实是源于活力的一种积极力量。 他崇尚动力、能量。 他笔下的老虎不仅具有大海狂涛的威力与燎原烈火的恐怖，也具有精美艺术品的熠熠光辉和匀称完美。 它是宇宙活力之代表、天地元气之化身。

　　该诗的首节和末节相互重叠，这在布莱克的创作中是独一无二的。 有了前面数节的铺垫，末节的重复语内蕴深刻、别具一格。首末两节仅有一字之差：第四行的"能"变成了"敢"。 这一变更可谓具有画龙点睛之功，点出了造化之无穷威力和莫测神秘。

（申　丹）

孔夫子的箴言

席　勒①

1

时间的步伐有三种：

未来姗姗而来迟，

现在像箭一般飞逝，

过去永远静立不动。

当它缓行时，任怎样急躁，

也不能使它的步伐加速。

当它飞逝时，任怎样恐惧犹疑，

也不能使它的行程受阻。

任何后悔，任何魔术，

也不能使静止的移动一步。

你若要做一个聪明而幸福的人，

走完你的生命的路程，

你要对未来深谋远虑，

不要做你的行动的工具！

不要把飞逝的现在当作友人，

---

① 席勒（1759—1805），德国18世纪著名诗人、哲学家、历史学家和剧作家，德国启蒙文学的代表人物之一。 席勒是德国文学史上著名的"狂飙突进运动"的代表人物，也被公认为德国文学史上地位仅次于歌德的伟大作家。 主要作品有《强盗》《阴谋与爱情》。

不要把静止的过去当作仇人！

2

空间的测量有三种：
它的长度绵延无穷，
永无间断；
它的宽度辽阔万里，
没有尽处；
它的深度深陷无底。

它们给你一种象征：
你要看到事业垂成，
必需努力向前，不可休息，
决不可因疲乏而静止；
你要认清全面的世界，
必需广开你的眼界；
你要认清事物的本质，
必需审问追究到底。
只有恒心可以使你达到目的，
只有博学可以使你明辨世事，
真理常常藏在事物的深底。

（钱春绮　译）

【赏析】

孔子的思想，早在 17 世纪时就已传入欧洲，比文学作品要早七八十年。 席勒后期从事于历史和哲学的研究，对中国文化曾产生兴趣，自然也会接触到孔子的思想。

第一首，主要说明诗人对待时间（未来、现在和过去）的认识和态度。他认为，"未来"固是人们所盼，往往显得姗姗来迟。对此，急躁是无用的，应当深谋远虑，去迎接未来，安排未来。"现在"正在飞速进行之中，光阴似箭，要善于不失时机，充分利用。"过去"不可能重新回复，后悔或留恋都无用，应从中总结经验教训。

第二首，讲的是对空间的认识，即认识和对待世界的方法。世上任何事物都有长度、宽度和深度，在做一件事时，要有恒心，努力做彻底；在认识世界时，要博学多闻，力求广泛全面；在探求真理时，应透过现象，认清本质，深究到底。

这两首诗的意思有一定联系，反映了对客观世界的认识和态度。同《论语》中记载的孔子的言论有不少近似的地方。

天风来自四面八方

彭　斯①

天风来自四面八方，
其中我最爱西方。
西方有个好姑娘，
她是我心所向往！
那儿树林深，水流长，
还有不断的山岗，
但是我日夜的狂想，
只想我的琴姑娘。

鲜花滴露开眼前——
我看见她美丽的甜脸；
小鸟婉转在枝头——
我听见她迷人的歌喉；
只要是天生的好花，
不管长在泉旁林间哪一家，
只要是小鸟会歌唱，
都叫我想到我的琴姑娘！

（王佐良　译）

---

　　① 彭斯（1759—1796），苏格兰大诗人，农民出身，在田间劳动了大半生，一生经济困难，三十七岁即于贫病交加中死去。 他本人的诗开文学史上的新页，最出色的是根据民歌调子写的抒情诗，其中有大量的爱情诗，但也有讽刺教会和宣扬法国大革命的民主思想的作品。

【赏析】

这是一首真挚优美的爱情诗。诗人自注曾云："此诗作于蜜月期间。"诗中的"琴姑娘"指的是琴·阿摩。彭斯与她于1788年正式结婚。彭斯曾为她写过许多恋歌,《天风来自四面八方》是最具代表性的一首。

本诗体式严整,两节句数相等,均是八句。托物起兴,由"天风"起笔,从四面八方的辽阔境界中,专门点出意中人所在的"西方",又点出树林、泉水、山岗……由景及人,由大而小,构思新颖。诗人恋天风、恋西方、恋树林、恋水流、恋山岗,恋来恋去,核心乃是恋那日夜狂想的"琴姑娘"。这也是民歌中常用的百锤打锣、一锤定音的写法,重点非常突出。诗的第二节用的虽是鲜花、小鸟这类常见的比喻,但因为经过了"平中见奇"的艺术处理,也形象、生动地展示了琴姑娘那"美丽的甜脸"和"迷人的歌喉"。结尾四句,大大扩展了全诗的意境:只要见到了好花和鸣鸟,诗人都会联想到他的琴姑娘。在此,诗人塑造了一个一往情深的抒情主人公形象,他流连树林、漫步山岗、伫立花丛、倾听鸟鸣,无论他浪迹天涯到何方,心中总惦念着他心爱的姑娘。表现出诗人对他新婚妻子真挚不渝的爱情。

(李　泱)

一朵红红的玫瑰

彭　斯

啊！我爱人像一朵红红的玫瑰，
它在六月里初开；
啊，我爱人像一支乐曲，
美妙地演奏起来。

你是那么美，漂亮的姑娘，
我爱你那么深切；
我要爱你下去，亲爱的，
一直到四海枯竭。

一直到四海枯竭，亲爱的，
到太阳把岩石烧裂！
我会一直爱你，亲爱的，
只要是生命不绝。

再见吧——我唯一的爱人，
我和你小别片刻；
我要回来的，亲爱的，
即使万里相隔！

（袁可嘉　译）

【赏析】

诗的开头用了一个鲜活的比喻——红红的玫瑰，一下子就将恋人的美丽写得活灵活现，同时也写出了诗人心中的感情。 在诗人的心中，恋人不仅有醉人的外表. 而且有着柔美灵动的心灵，像一段乐曲，婉转动人地倾诉着美丽的心灵。

爱的火焰在诗人的心中强烈地燃烧着，诗人渴望有着美好的结果。 但是，此时的诗人已经是囊中羞涩，诗人知道这时的自己并不能给恋人带来幸福，他已经预感到自己要离去。 但诗人坚信：这样的离别只是暂别，自己一定会回来的。

这首诗是诗人的代表作，它开了英国浪漫主义诗歌的先河，对济慈、拜伦等人有很大的影响。 诗人用流畅悦耳的音调、质朴无华的词语和热烈真挚的情感打动了千百万恋人的心，也使得这首诗在问世之后成为人们传唱不衰的经典。 诗歌吸收了民歌的特点，采用口语使诗歌朗朗上口，极大地显示了民歌的特色和魅力。 读来让人感到诗中似乎有一种原始的冲动，一种原始的生命之流在流淌。 另外，诗中使用了重复的句子，大大增强了诗歌的感情力度。 在这首仅仅有十六句的诗中。 涉及"爱"的词语竟有十几处之多，然而并不使人感到重复和累赘。 反而更加强化了诗人对恋人爱情的强烈和情感的浓郁程度。

（佚 名）

孤独的收割人

华兹华斯①

你看！那高原上年青的姑娘，
独自一人正在田野上；
她时而停下，又轻轻走过，
一边收割，一边在唱歌。
她独自在那里又割又捆，
她唱的音调好不凄凉；
你听，你听她的歌声，
在深邃的峡谷久久回荡。

在荒凉的阿拉伯沙漠里，
疲惫的旅人憩息在绿荫旁，
夜莺在这时唧呖婉转，
也不如这歌声暖人心房；
在最遥远的赫伯利群岛，
杜鹃声声唤醒了春光，
啼破了海上辽阔的沉寂，
也不如这歌声动人心肠。

---

① 华兹华斯（1770—1850），英国 19 世纪主要的浪漫主义诗人。 华兹华斯的《抒情歌谣集》序言是英国文学史上一篇极其重要的文献，于后世影响极大，以致英国 19 世纪上半叶的诗歌史上曾被称誉为"华兹华斯时代"，与下半叶的"丁尼生时代"前后辉映。

谁能告诉我她在唱些什么？
也许她在为过去哀伤，
唱的是渺远的不幸的往事，
和那很久以前的战场？
也许她唱的是普通的曲子，
当今的生活习以为常？
她唱生活中的忧伤和痛苦，
从前发生过，今后也这样？
不论姑娘在唱些什么吧，
歌声好像永无尽头一样；
我见她举着镰刀弯下腰去，
我见她边干活边歌唱。
我凝神屏息地听着，听着，
直到我登上高高的山岗。
那乐声虽早已在耳边消失，
却仍长久地留在我的心上。

（顾子欣　译）

【赏析】

这首诗是诗人隐居在英格兰西北部山区时所作，论述了他在一次田野间漫步时的感触。

这是一幅清雅的素描，一首恬静的牧歌。我们仿佛看到了高原田野里，农家姑娘孤独的身影，听到她忧郁的歌声。诗人用"夜莺的婉转""杜鹃的啼春"来形容歌声的悦耳动听，又以"不幸往事""今日忧伤"等一系列的猜测来激发人的想象，仿佛那曲子一首接着一首，永无尽头。或许有时她根本不是唱，而只是在轻轻地哼哼……这就如同我们在欣赏一组优美的无标题乐曲，可以依照自身的经历、爱好和当时的心情，展开自由的联想。 这不绝如缕的歌声，使诗人流连忘返，也把我们引向邈远的幻想境界，余韵无穷。

当然，在工业革命蓬勃发展的时代，这首诗所描写的景象似乎与世隔绝，流露出诗人对往昔社会的怀念。 从历史发展的观点看，它是有一定局限性的。

这首著名的短诗流传甚广，曾被选进欧洲许多抒情诗中。 它写于 1805 年，除了本人经历外，它还受到托马斯·尔金森的《高原游》的启发。

（许自强）

雅典的少女

拜　伦①

雅典的少女呵，在我们分别前，
把我的心，把我的心交还！
或者，既然它已经和我脱离，
留着它吧，把其余的也拿去！
请听一句我临别前的誓语：
你是我的生命，我爱你。

我要凭那无拘无束的鬈发，
每阵爱琴海的风都追逐着它；
我要凭那墨玉镶边的眼睛，
睫毛直吻着你颊上的嫣红；
我要凭那野鹿似的眼睛誓语：
你是我的生命，我爱你。

还有我久欲一尝的红唇，
还有那轻盈紧束的腰身；
我要凭这些定情的鲜花，
它们胜过一切言语的表达；

---

① 拜伦（1788—1824），是十九世纪英国伟大的浪漫主义诗人。 他因对英国反动统治阶级的抨击而被迫长期离开祖国。 他支持欧洲各国的资产阶级民主革命和民族解放斗争，最后并以身殉。 恩格斯说过：雪莱和拜伦"在工人中间拥有最多的读者"。

我要说，凭爱情的一串悲喜，
你是我的生命，我爱你。

雅典的少女呵，我们分了手；
想着我吧，当你孤独的时候。
虽然我向着伊斯坦堡飞奔，
雅典却抓住我的心和灵魂，
我能够不爱你吗？不会的！
你是我的生命，我爱你。

（查良铮　译）

【赏析】

在拜伦诸多热烈而美丽的爱情诗中，《雅典的少女》是其中的名篇之一，在我国读者中间脍炙人口，陶醉过一代又一代痴男信女的心。

这位雅典的少女叫特瑞莎，拜伦旅居雅典时与之相识，并萌发了炽烈的爱情。《雅典的少女》是拜伦别前的赠语，也是他的真诚的内心独白。这首诗鲜明的艺术特色，其一在于感情的醇厚炽热；其二在于描绘的绚烂传神。诗一开始写前要"把我的心交还"，旋即笔锋急转："既然它已经和我脱离，留着它吧，把其余的也拿去"！从表面来看，仅仅是欲擒故纵的手法，但诗人一任感情流泄，不会去思考手法，他在客观上却表现出一种心理过程和心理归依：获得与奉献都能表现出爱的真谛，后者往往比前者更说明爱的赤诚。

全诗中神情飞动光彩照人的部分，是以下八行："我要凭那无拘无束的鬈发，每阵爱琴海的风都追逐着它；我要凭那墨玉镶边的眼睛，睫毛直吻着你颊上的嫣红"；"还有我久欲一尝的红唇，还有那轻盈紧束的腰身；我要凭这些定情的鲜花，它们胜过一切言语的表达"。 我们从中感觉到了，在拜伦心中特瑞莎有着无可比拟的美丽。 为着这迷人之美，"雅典却抓住了我的心和灵魂"；为着这迷人之美，他发誓："你是我的生命，我爱你"。 这同中国古典诗词中对爱情的表达是迥然不同的，他没有那缠绵悱恻和含蓄内向，而是更加明朗地触及爱的本质。

（孟繁琛）

云

雪　莱①

我为焦渴的花朵，从河川，从海洋，

带来清新的甘霖；

我为绿叶披上淡淡的凉荫，

当他们歇息在午睡的梦境。

从我的翅膀上摇落下露珠，

去唤醒每一朵香甜的蓓蕾，

当她们的母亲绕太阳旋舞时摇晃着，

使她们在怀里入睡。

我挥动冰雹的连枷，把绿色的原野，

捶打得有如银装素裹，

再用雨水把冰雪消溶，我轰然大笑，

当我在雷声中走过。

我筛落雪花，洒遍下界的峰岭山峦，

巨松因惊恐而呻吟呼唤；

皑皑的积雪成为我通宵达旦的枕垫，

当我在烈风抚抱下酣眠。

在我那空中楼阁的塔堡上，端坐着，

庄严的闪电——我的驭手，

① 雪莱（1792—1822），英国浪漫主义诗人。雪莱的诗是壮阔的，既有富于政治思想性的诗，也有优美的抒情诗，特别是爱情诗，显示了不羁的想象，瑰丽的色彩和动人的音韵，而且往往将爱情同高远的理想结合，使他成为英国文学史上最有才华的抒情诗人之一。

下面有个洞穴，雷霆在其中幽囚，
发出一阵阵挣扎怒吼；
越过大地，越过海洋，我的驭手，
轻柔地引导着我，
紫色波涛深处的仙女，以她们的爱，
在把他的心诱惑；
越过湖泊、河川、平原，越过巉崖，
和连绵起伏的山岭，
无论他向往何处，他所眷恋的精灵，
永远在山底、在水中；
虽然他会在雨水中消溶，我却始终，
沐浴着天庭蓝色的笑容。

血红的朝阳，睁开他火球似的眼睛，
当启明熄灭了光辉，
再抖开他烈火熊熊的翎羽，
跳上我扬帆疾驰的飞霞脊背；
像一只飞落的雄鹰，凭借金色的翅膀，
在一座遭遇到地震摇摆、颤动的，
陡峭山峰巅顶停留短暂的一瞬。
当落日从波光粼粼的海面吐露出，
渴望爱和休息的热情，
而在上方，黄昏的绯红帷幕，
也从天宇的深处降临；
我敛翅安息在空灵的巢内，
像白鸽孵卵时一样安静。

焕发着白色火焰的圆脸盘姑娘，

凡人称她为月亮，

朦胧发光，滑行在夜风铺展开的，

我的羊毛般的地毯上；

不论她无形的纤足在何处轻踏，

轻得只有天使才能听见，

若是把我帐篷顶部的轻罗踏破，

群星便从她身后窥探；

我不禁发笑，看到他们穷奔乱窜，

像拥挤的金蜂一样，

当我撑大我那风造帐篷上的裂缝，

直到宁静的江湖海洋，

仿佛是穿过我落下去的一片片天空，

都嵌上这些星星和月亮。

我用燃烧的缎带缠裹太阳的宝座，

用珠光束腰环抱月亮；

火山黯然失色，群星摇晃、颠簸——

当旋风把我的大旗张扬。

从地角到地角，仿佛巨大的长桥，

跨越海洋的汹涌波涛；

我高悬空中，似不透阳光的屋顶，

柱石是崇山峻岭。

我挟带着冰雪、飓风、炽烈的焰火，

穿越过凯旋门拱，

这时，大气的威力挽曳着我的车座，

门拱是气象万千的彩虹；
火的球体在上空编织柔媚的颜色，
湿润的大地绽露笑容。

我是那大地和水的亲生女儿，
也是天空的养子，
我往来于海洋、陆地的一切孔隙——
我变化，但是不死。
因为雨后洗净的天宇虽然一丝不挂，
而且，一尘不染。
风和阳光用它们那凸圆的光线，
把蓝天的穹庐修建，
我却默默地嘲笑我自己虚空的坟冢，
钻出雨水的洞穴，
像婴儿娩出母体，像鬼魂飞离墓地，
我腾空，再次把它拆毁。

（江　枫　译）

【赏析】

《云》，是雪莱抒情诗的不朽名篇。

《云》，采取第一人称语气，诗人与云已成一体，云的自然形态和诗人的社会性格，互相附丽，互为表里。当我们读到："我变化，但是不死。"和"我腾空，再次把它（我自己虚空的坟冢）拆毁"时，这个"我"，既是物质不灭的云，也是九死不悔的雪莱。

雪莱以准确、细腻的笔触，恰当、优美的比喻，写尽了云时而气势凌人，时而安详宁静，时而纤柔娟秀，时而壮丽宏伟，多彩多姿的形态，写出了云所体现的慈爱、欢快、顽皮、倔强，特别是不屈不挠的乐天性格。 诗人忠实于自然，其中描写的风、云形态和变化都符合科学道理。 童话般的故事，都经得起科学的检验和分析。

全诗八节，每节十二至十四行不等。 各行轻重音的格律并不严谨，但是用韵十分讲究：单数行是长行，押行内韵，即行尾与行中押韵，双数行两三行同押脚韵。 我的译文，只再现了双数行的脚韵。 有人以背离原作内容和割裂汉语词汇的方式，为我的译文单数行内凑韵，而又不顾及更重要的双数行脚韵，这种做法，非不能，是不为也。 因为易词就韵，以词害意，得不偿失，而牺牲自然流畅，生凑硬押，非但无补而且有损于音韵美。

（江　枫）

乘着歌声的翅膀

海　涅①

乘着歌声的翅膀，
心爱的人，我带你飞翔，
向着恒河的原野，
那里有最美的地方。

一座红花盛开的花园，
笼罩着寂静的月光；
莲花在那儿等待，
它们亲密的姑娘。

紫罗兰轻笑调情，
抬头向星星仰望；
玫瑰花把芬芳的童话，
偷偷地在耳边谈讲。

跳过来暗地里倾听，
是善良聪颖的羚羊；
在远的地方喧腾着，
圣洁的河水的波浪。

---

① 海涅（1797—1856），德国著名抒情诗人，出生于犹太商人家庭。 他的重要诗歌集有《诗歌集》《新诗集》《罗曼采罗》等。 除诗歌外，他还写有许多杰出的散文。

我们要在那里躺下，

在那棕榈树的下边，

吸饮爱情和寂静，

沉入幸福的梦幻。

（冯　至　译）

【赏析】

这首诗作于 1822 年，曾由门德尔松谱曲，是海涅最著名的爱情诗之一。

这首诗分五个自然段。 前四段全是写环境，直到第五段才写出"爱情"的真意。 海涅的时代尚是意境的时代（进入 20 世纪后在诗里人们才开始大规模地崇尚意象）。 这首诗给了我们一个非常美妙的意境，如果用我们中国诗论的概念来说，整首诗也有个"诗眼"，那就是"寂静"。 这首诗通篇是多么的静啊，"寂静的月光"，莲花的"等待"，羚羊的"暗地里倾听"自不待言，紫罗兰、玫瑰的"轻笑调情"、"偷偷"讲童话似乎有声，其实谁都知道是无声的，愈发在寂静上加上拟人化的、幽美的色彩，使那个静字像涟漪般一圈圈溢开来，静得更深，更可爱了；至于远处恒河水的喧腾，则有如我国古诗"鸟鸣山更幽"的写法，以自然界的有声，进一步托出万籁俱寂的境界。 待这个静的环境铺陈得淋漓尽致了，诗人和他的爱侣才出现了，"吸饮爱情和寂静，沉入幸福的梦幻"，这种净化了的、"静"化了的爱情理想在这么一种环境中得以实现，完全是水到渠成了。

这首诗的另一个特色，不妨称之为"辅助诗眼"，是神奇。 在那个时代的欧洲人（尤其是诗人）心目中，东方是个神奇的世界，陌生和遥远都是神奇的导因，比之诗人们生活的世俗环境，那儿像有一种猜测性的、超脱尘俗的光环。 海涅曾在波恩大学听过梵语学家施莱格尔的讲课，故一直对东方印度心神系之。 诗中出现的羚羊是东方诗人（如哈菲兹）常爱描绘的动物；把花儿散发的芬芳喻为花儿的语言，也是东方的表达方式。 海涅把诗的环境放在东方，并用了一系列东方的诗歌形象，使诗歌得以神奇化，使难以表达的爱情的美妙神奇得到了充分的烘托，从而充分写出了作者纯真的爱情理想，那无边的向往渴望。

（黎　奇）

星星们动也不动

海　涅

星星们动也不动，
高高地悬在天空，
千万年彼此相望，
怀着爱情的苦痛。

他们说着一种语言，
这样丰富，这样美丽；
却没有一个语言学者，
能了解这种言语。

但是我学会了它，
我永久不会遗忘；
供我使用的语法，
是我爱人的面庞。

（冯　至　译）

【赏析】

这是海涅于 1822 年，为他所爱的堂妹阿玛丽写的一首情诗。可惜他的爱遭到了冷遇。这首诗用星星做比喻，它那千万年"高悬天空"动也不动的冷漠情状，仿佛是诗人追求的无动于衷的爱人，道出了可望而不可即的惆怅和失望。

不过，星星的喻义远比单相思失恋要深刻得多，诗人实际上赋予了星星多方面的内涵，它隐示着不可实现的爱情的丰富含义：有彼此永远相爱的誓约，有不用语言表达的心灵的默契，有他人无法理解而只有相爱者才能解读的语言，有仅凭面庞的一丝表情就可心心相印的沟通。 当然，也有那种无法摆脱的永恒的失恋的痛苦……

这首小诗深得我国古典诗歌所具的"意境"之美，值得人们长夜当空、目视星星而深省不已。 倘说李白的望月思乡已家喻户晓，那么，这诗的望星叹情也可以与之相媲美了。

（许自强）

航海者

密茨凯维奇①

如果你看见一只轻舟，

被狂暴的波浪紧紧地追赶，

不要用烦忧折磨你的心儿，

不要让泪水遮蔽你的两眼！

船儿早已经在雾中消失了，

希望也随着它向远方漂流；

假如末日终究要来到，

在哭泣中有什么可以寻求？

不，我愿同暴风比一比力量，

把最后的瞬息交给战斗，

我不愿挣扎着踏上沉寂的海岸，

悲哀地计算着身上的伤口。

（1825 年 4 月 14 日，敖德萨）

（孙　玮　译）

---

① 密茨凯维奇（1798—1855），波兰诗人。 早在大学期间，密茨凯维奇便开始了文学活动。 1820 年，他写下充满激情的战斗诗篇《青春颂》。 1822 年出版了第一部诗集《歌谣和传奇》。 不久，诗人因参加爱国运动被捕，1824 年流放俄国，1829 年辗转到西欧，长期过着漂泊生活。 1855 年俄土战争爆发，诗人毅然赴土耳其，想再组织波兰军团抗俄，可惜未能如愿，不幸被瘟疫夺去生命，终年五十七岁。

【赏析】

密茨凯维奇流放俄国期间，结交了许多朋友，赢得了真诚可贵的友谊。在彼得堡，他结识了十二月党人中的著名诗人雷列耶夫、柏斯杜舍夫等，到莫斯科，会见了伟大诗人普希金。1825年经基辅，又结识了波那温图拉和安娜·查列斯卡娅夫妇，与他们结下很深的友情。同年冬，安娜一家移居敖德萨，与诗人过从甚密，诗人1827年所著长诗《康德拉·华伦洛德》就是献给安娜夫妇的。《航海者》是诗人即将告别敖德萨远行时，写给安娜留作纪念的。

诗的开头，诗人自喻为一叶轻舟，被"狂暴的波浪"紧紧追赶，暗示自己处境艰险，道路坎坷，前程莫测，沙俄统治者的跟踪、监视和迫害，使小舟随时有覆灭之可能。但是，诗人劝慰挚友：不要用忧烦折磨心灵，不要让泪水蒙住双眼，要怀着希望，坚强自持。而诗人自己，则决心舍生忘死、拼搏到底："我愿同暴风比一比力量，把最后的瞬息交给战斗！"他誓不苟且偷生："不愿挣扎着踏上沉寂的海岸，悲哀地计算着身上的伤口。"他愿刚直地生，壮烈地死，宁为玉碎，不为瓦全。

这首诗句句金石，掷地有声。它是诗人心灵的自白，是告别朋友、踏上征途时的豪壮誓言，生动表现出献身民族解放事业的诗人的坚强意志和生死观。这不是诗人一时激动的廉价许诺，他以身报国、不屈奋斗、最终效死疆场的辉煌一生则是此诗的最好注解。

(吴宗蕙)

无　限

莱奥帕尔迪①

多亲切啊，这座孤独的山，
还有这道篱笆挡住视线，
遮住了大部分终极的地平线。
可是，当我在此静坐凝望，
我想象中显现了远方的无限空间，
呈现了超人间的安宁，
和最深沉的寂静，
几乎使我的心充满惊恐。
当我听得枝叶间簌簌风声，
我把这喧声与那无限静寂相比；
我回忆起了永恒，
已死的时令和当前的活的时令，
以及它的声息……
我的思想啊，在这无限中沉没，——
在这大海中沉船是多么甜蜜！

（飞　白　译）

---

① 莱奥帕尔迪（1798—1837），意大利19世纪著名浪漫主义诗人，也是但丁、彼特拉克之后最优秀的抒情诗人之一。诗作《致意大利》《但丁世纪碑》《致席尔维亚》等均为传世佳作。

【赏析】

《无限》诗如其题，是一首容量远远大于其篇幅的哲理田园诗，莱奥帕尔迪在其中用想象开启了通往无限的大门。

与其他浪漫主义诗人一样，莱奥帕尔迪也十分强调想象。他认为"想象是人类快乐的根本源泉"，因为现实中的一切都是有限的，痛苦的，而完美只有在想象中才可以偶尔一见。现实是无诗意的，想象才是有诗意的，特别是一切能暗示"无限"的意象，都是富于诗意的。莱奥帕尔迪的这一观点已经进入了象征主义领域，因此颇受现代诗人们重视。莱奥帕尔迪总爱写朦胧的月光，飘忽的歌声，模糊的远山等，他的名言是："最小的模糊观念永远大于宏大的清晰观念。"这在诗学上是一大发现，也许，这就是"朦胧诗"理论的初次概括吧！

《无限》就是这样一首以田园诗为起点、以想象为手段、以无限为主题的奇特的诗。诗中描写的是诗人家乡——意大利中部（当时属于教皇国范围）一个偏僻的海滨市镇雷卡纳提附近的景色。诗人独坐在山坡上，眺望静穆的田野。东方，是亚得里亚海，然而由于地势起伏不平，加以有篱笆阻挡，视野受到限制，不仅望不到远方浩渺的大海，也望不到大部分地平线。然而心灵的视线是不受阻挡的，它比红外线和微波更富于穿透力，它穿透篱笆，穿透树丛，越过起伏的丘陵，延伸向陆海交接之处，延伸向海天相融之处，延伸向有限与无限交会之处。

于是，莱奥帕尔迪在静坐凝望中看到了大海——无限的大海。

越出有限的现实圈子的一跃，像跃入深渊一样，引起了恐惧的、惊心动魄的痛感。这是凡人未曾体验过的无限王国，空间的无限仿佛化成了超人间的寂静，——人间的喧闹已被扔在远远的后方，这种惊人的寂静又化作了时间的永恒。但是，大自然通过视觉和听觉还在继续输入"有限"世界的信息，与想象中的"无限"世界形成了互为表里而又强烈对比的关系：眼前景色与无限空间的对比，簌簌风声与无限静寂的对比，更替的时令与似曾相识的永恒的对比。 ——莱奥帕尔迪感到，前者暗示着后者，前者是入门的钥匙，后者才是真理的殿堂。

诗人哲学家在直觉中悟到了禅机：从有限跃入无限吧！只有把自我（连同自我内心的万般苦痛万种矛盾）融入无限之中，才能得到安宁，哪怕沉入无限的大海意味着"沉船遇难"，这样沉船又是多么甜蜜啊！如果说陶渊明的"托体同山阿"体现了平静的美，那么莱奥帕尔迪的"大海沉船"却在平静之中含有悲壮的美了。

（飞 白）

致西伯利亚的囚徒

普希金①

在西伯利亚矿坑的深处，

望你们坚持着高傲的忍耐的榜样，

你们的悲痛的工作和思想的崇高的志向，

决不会就那样徒然消亡。

灾难的忠实的姐妹——希望，

正在阴暗的地底潜藏，

她会唤起你们的勇气和欢乐，

大家期望的时辰不久将会光降。

爱情和友谊会穿过阴暗的牢门，

来到你们的身旁，

正像我的自由的歌声，

会传进你们苦役的洞窟一样。

沉重的枷锁会掉下，

黑暗的牢狱会覆亡，

自由会在门口欢欣地迎接你们，

---

① 普希金（1799—1837），俄罗斯伟大的诗人，从童年时即开始创作，一生创作了大量的短诗和《鲁斯兰与柳德密拉》《波罗金诺》《高加索的俘虏》《茨冈》等长诗，以及长篇诗体小说《欧根·奥涅金》，都广泛为人传诵。

弟兄们会把利剑送到你们手上。

（1827 年）

（戈宝权　译）

【赏析】

1826 年 12 月底，普希金在莫斯科见到了十二月党人伏尔孔斯基的妻子玛丽亚·尼古拉耶夫娜，这时候玛丽亚正准备不辞千辛万苦，冒着风雪严寒，一个人到她丈夫流放的地方去。普希金深为她的这种英勇的行为所感动，于是就冒着生命的危险，写成了《致西伯利亚的囚徒》这一首诗，托十二月党人尼吉塔·穆拉维约夫的妻子带到西伯利亚去了。

这首诗虽然只有短短的四节，一共十六行，但是诗人在这里却写出了他对十二月党人的崇高的敬意和深厚的感情。在第一节诗里，普希金对十二月党人所进行的革命事业作了很高的估价，指出了它的重大意义。普希金告诉那些流放在西伯利亚和在阴暗的矿坑里作着苦役劳动的十二月党人，他们的"悲痛的工作和思想的崇高的志向"，决不会落空，也不会"徒然消亡"。他号召他们在最艰苦的情况下，也要始终保持着"高傲的忍耐的榜样"。紧接着，诗人在第二节和第三节诗里，又用充满乐观主义精神的诗句，对他的朋友——十二月党人进行了热忱的鼓励。普希金告诉他的朋友们，在灾难和不幸的地方，同时也存在着希望，十二月党人所期望的时辰，不久就会来临。他告诉他们，朋友和同志们并没有把他们遗忘，爱情和友谊会像诗人的自由的歌声一样，穿过阴暗的牢门，传到他们的身旁。在最后一节诗里，普希金满怀着信心，预言十二月党人所开始的反对沙皇专制统治的斗争事业，总有一天会取得最后的胜利。

（戈宝权）

致凯恩

普希金

我记得那美妙的一瞬：
在我的眼前出现了你，
有如昙花一现的幻影，
有如纯洁之美的精灵。

在那绝望的忧愁的苦恼中，
在那喧嚣的虚荣的困扰中，
我的耳边长久地响着你温柔的声音，
我还在睡梦中见到你亲爱的面影。

许多年代过去了。
狂暴的激情驱散了往日的幻想，
我忘记了你温柔的声音，
和你那天仙似的面影。

在穷乡僻壤，在流放的阴暗生活中，
我的岁月就那样静静地消逝过去，
失掉了神性，失掉了灵感，
失掉眼泪，失掉生命，也失掉了爱情。

如今灵魂已开始觉醒：
这时在我的眼前又重新出现了你，

有如昙花一现的幻影，
有如纯洁之美的精灵。

我的心狂喜地跳跃，
为了它，一切又重新苏醒，
有了神性，有了灵感，
有了生命，有了眼泪，也有了爱情。

（1825 年）

（戈宝权　译）

【赏析】

美是朴素的。 一个伟大诗人的超群之处，正在于他能够从朴素、平凡的事情中体验到永恒的美。 严格地说，《致凯恩》并不是一首普通的情诗，而是一首乞求美的心灵奏鸣曲。 唤起诗人对美的渴望的是"那美妙的一瞬"。 一位洋溢着纯洁之美的少女倩影跃入诗人的眼帘。 尽管这一瞬间是那么的短暂，但诗人那颗敏感的心灵却迅即捕捉到了少女青春律动和美的温馨，并将自己在瞬间勃发的爱的情感化为一种美的神启，化作"纯洁之美的精灵"、一种永恒的美的意象，融于自己那躁动而又孤寂的内心世界。

在这首篇幅不大的诗歌中，诗人反复倾诉对象征着纯洁之美的女性形象的期求，从而强烈地烘托出理想之美的光辉。 诗人在"纯洁之美的精灵"重现前后情感上的大起大落生动地映照出美的感奋力量。 全诗风格简练、明快，格调忧而不伤。 诗人并没有用华丽、抽象的语言来思辨美，而是从美的展现瞬间入手，把从中体验到的美的旋律拓展开来，升华为一种纯洁、朴素的永恒之美的境界。 这正是这首诗成为传世佳作的魅力所在。

（邓　勇）

假如生活欺骗了你

普希金

假如生活欺骗了你，
不要忧郁，也不要愤慨！
不顺心时暂且克制自己，
相信吧，快乐之日就会到来。

我们的心儿憧憬着未来，
现今总是令人悲哀：
一切都是暂时的，转瞬即逝，
而那逝去的将变为可爱。

（查良铮　译）

【赏析】

该诗写于 1825 年，正是诗人被幽禁期间所作。 从 1824 年 8 月至 1826 年 9 月，这是一段极为孤独寂寞的生活。 面对 12 月党人起义前后剧烈动荡的社会风云，普希金不仅同火热的斗争相隔绝，而且与众多亲密无间的挚友亲朋相分离。 白天，他到集市上去，与纯朴的农人为友，和他们谈话，听他们唱歌。 孤寂之中，除了读书、写作，邻近庄园奥西波娃一家也给诗人愁闷的幽禁生活带来了一片温馨和慰藉。 这首诗就是为奥西波娃十五岁的女儿姬姬所写的，题写在她的纪念册上。

《假如生活欺骗了你》这首诗就典型地体现了这种思想特征。该诗以一个假设句破题，劈头就是一个"假如"，此时二十六岁的普希金，面对的是一个纯真的女孩，他宛如一位饱经风霜而又无比温厚的长者，仿佛生怕碰伤这棵稚嫩的幼苗，于是从未来着笔，使用一种带有预言的口吻叮咛、勉励涉世未深的少女，如果出现这种偶然……实际上，这个对于对话者所做的带有推测性假定意义的假说，正是变幻莫测的人生中的一种必然现象，即生活中不可能没悲伤、烦恼，但是你要克制、忍耐，因为还有一个"欢乐的日子"就要来临。这欢乐是针对悲伤而言的，不是现在时，而是属于未来的。

在第二个诗节中，诗人进一步指出，这未来，并非现实生活中，漫漫长夜之后，遥远的明天，而是心灵生活中的未来，这就引出了下面的富有深刻哲理的诗句："一切都是暂时的，转瞬即逝，／而那逝去的将变为可爱。"显然，在这里，诗人并未一般地开出常人司空见惯的用时间医治心灵创伤的这贴药方，而是要人面向内心世界，放眼于未来，实行一种自我精神调节法，究其实，这是一种情绪的转换，它可以是在一瞬之间完成，这就是要用希望去救治现实的痛苦。这同现代心理医生的看法可以说是不谋而合，然而，普希金毕竟不是心理学家，而是诗人。他进一步指出，痛苦一旦过去，人就会更加成熟，对于成熟的人来说，这过去了的，即便是痛苦，也会成为人生的一段标志，而令人感到无比亲切。保持对生活的信心，即使在逆境之中，也不要陷入绝望而不能自拔，正所谓苍茫人世，短暂人生，期冀美好，追忆亦美好矣，这不正是离群索居、寂寥生涯中，诗人悟出的深刻生活哲理吗？这里没有一丝一毫宿命论的蛛丝马迹，真诚、善良、乐观向上的人生态度，加上亲切自然而又热情深沉的语调，诗歌朴素、流畅、言简意深，耐人回味。

（佚　名）

我曾经爱过你

普希金

我曾经爱过你：爱情，也许，

在我的心灵里还没有完全消亡；

但愿它不会再去打扰你；

我也不想再使你难过悲伤。

我曾经默默无语地、毫无指望地爱过你；

我既忍受着羞怯，又忍受着嫉妒的折磨；

我曾经那样真诚、那样温柔地爱过你，

但愿上帝保佑你，另一个人也会像我，

爱你一样。

（1829 年）

（戈宝权　译）

【赏析】

这是普希金 1829 年写的一首脍炙人口的爱情诗，究竟是写给谁的至今无从查考。但写给谁这一点已无关紧要，重要的是它生动而真实地描绘了一个青年人对一个姑娘的钟情和爱恋。青年对姑娘的爱是那么真挚，那么专一，尽管姑娘可能还不知道他爱着她，也可能姑娘早已另有所爱，或者干脆她已经有了丈夫。不论是哪一种情形，青年显然陷入了单相思。他只能"默默无语地、毫无指望地"爱着她，宁愿忍受羞怯和嫉妒的折磨，也不愿去打扰她或者使她悲伤。他爱她爱得那么真挚，那么温柔，甚至在知道她已经不属于自己时，还祈求上帝保佑她，但愿另一个人也像他那样真挚而温柔地爱着她。这是一种多么纯真、多么高尚的爱情啊！

这首诗写得精练含蓄，几乎没有场景和多余的人物描写，也没有气氛的烘托和渲染，只是用质朴的语言，直截了当地写出"我"这个痴情男子对心上人坦率而真诚的爱。篇幅虽短，但感情丰满，具有强烈的艺术感染力。

（戈宝权　李辰民）

你不止一次听我承认

丘特切夫①

你不止一次听我承认：
"我不配承受你的爱情。"
即便她已变成了我的，
但我比她是多么贫穷……

面对你的丰富的爱情，
我痛楚地想到自己——
我默默地站着，
只有一面崇拜，一面祝福你……

正像有时你如此情深，
充满着信心和祝愿，
不自觉地屈下一膝，
对着那珍贵的摇篮；

那儿睡着你亲生的她，
你的无名的天使——
对着你的挚爱的心灵，

---

① 丘特切夫（1803—1873），生于古老的贵族家庭，1819 年进莫斯科大学语文系。 1822 年起先后在俄国驻慕尼黑、都灵等地外交机关任职二十年。 他一生的诗作有四百首左右。 早期个别诗有明确的社会意义，其他大多为哲理、爱情、风景诗。 现代西方评论界把他和普希金、莱蒙托夫一起并列为 19 世纪俄罗斯的三个伟大诗人。

请看我也正是如此。

（查良铮　译）

【赏析】

自 1850 年起，丘特切夫由于对杰尼西耶娃的爱情而写出的一些诗篇，统称为"杰尼西耶娃组诗"。

叶连娜·杰尼西耶娃是诗人两个女儿就学的那个学院院长的侄女，从 1850 年起，双方相爱了十四年，直至杰尼西耶娃因肺病去世时为止。这期间，丘特切夫和她组织了另一个家，并生了三个子女，这件事招来了社会的非议和宫廷的不满，而舆论的压力都落在女方头上。虽然两人都非常痛苦，但爱情并未因此而减弱。

"杰尼西耶娃组诗"是丘特切夫创作的最优秀的情诗，很早就被认为是俄国诗歌中的杰作。例如这首《你不止一次听我承认》。诗中又提到"我比她是多么贫穷"，充满自愧的感觉，反省的调子。为什么诗人总是自愧，反省自己的爱情呢？俄国心理小说基本上是社会问题小说，"杰尼西耶娃组诗"也有着社会的主题，因为丘特切夫所触及的妇女问题是当时一个尖锐的社会问题。他深深感到由于男女社会地位不平等而产生的爱情悲剧，他看到：他和杰尼西耶娃虽然都是自愿进入一种"非法的"爱情关系中，并因此而受到社会的谴责，但男女所承担的重量不同，男子有可能随时摆脱这种沉重的命运，而女子却不能不毕生承担其后果。一般浪漫的爱情词句在这儿是不适用的，诗人不愿以它来欺人和自欺，他要把那美丽的帷幕揭开，指出爱情的实质，因为使他感到可怕的是，当女子失去名誉和社会地位以后，她就落入了所恋男人的掌握之中，男人不仅对她有占有优势，而且在社会生活中，他所忍受的牺牲也比女子少得多。更使诗人困惑的是：虽然两人都被排斥在社会之外，但由社会规定的那种不平等关系和男子的优越感，却仍旧不自觉地出现在他们两人之间：他必须和自己的意识不断做斗争，才能使他们的关系摆脱既定的旧轨道，走上合乎理想的新途径。 因此，诗人在诗中说："我不配承受你的爱情。"诗人对其恋人的爱情是真诚的，正如其恋人对他的爱情一样。

就是这样，"杰尼西耶娃组诗"由爱情生活的冲突而透露出社会的内容。

（佚　名）

在春天

默里克①

我躺在这春天的小山上：

白云变成我的翅膀，

一只小鸟在我前面飞。

啊，告诉我，孤独的姑娘，

你在哪里，让我留在你身旁！

可是你和风，你们都无家可归。

我的心开放，仿佛向日葵一样，

在爱与希望中，

向往而扩张。

春天，你有何憧憬？

我何时能安静？

我看到白云移动，河水奔腾，

太阳的金色的亲吻，

深深渗入我的血中；

我这奇妙的醉醺醺的眼睛，

好像进入睡梦之中，

---

① 默里克（1804—1875），著名的德国诗人、小说家。 他的诗歌内容朴素，语言优美，富有民歌风格、细微地描写大自然美景，赞美田园生活，许多著名作曲家为他的诗谱了曲。 《美丽的萝特劳》《是他》《九月的早晨》《午夜》《冬晨》都是最优秀的德语抒情诗。

只有我耳朵还在倾听蜜蜂的嗡鸣。

我想这想那，想得很多，
我在憧憬，却不知憧憬什么；
一半是忧，一半是喜；
我的心，哦，我问你，
在金绿的树枝的阴暗里，
你在织着什么回忆？
——往昔的不可名状的日子！

（钱春绮　译）

【赏析】

在这首诗中，诗人表达了"我"对爱情的痛苦而又无望的期待。从中可以看到一个"期待的孤独的甚至听天由命的莫里克。"

这首诗题为"在春天"，但人们似乎感受不到春天的气息，或者说，这是一个很凄淡的春天，一个令人失意的春天。"白云"和"小鸟"，"太阳"和"河流"都显得苍白无力，没有朝气和生机，没有大地的复苏、生命的复苏，没有鸟语花香带给人的欢乐。

"我躺在这春天的小山上"，想起了那爱恋的但"孤独的姑娘"，于是借白云为翅膀，一颗饥渴的心儿，飘游而去，去找归宿，寻找另一颗相通的心，并且留在它的身旁，享受幸福和快乐。

心随云而去，寻"家"而去，它要结束四处流浪、到处颠簸的生活，"停留"下来与心上的人一起生活。但是，因为"我"所追求的爱也"无家可归"，像风一样飘摇不定，只想而不可即。"你和风"虽然存在于"我"前面，近在咫尺，却无法获得。于是，这次渴望已久的行动在开始之前就已注定了失败的结局。

然而，"我"并未就此罢休，心中之焰并未泯灭。"我的心开放"，"在爱与希望中，向往而张开"。 对爱情热切的期待，望眼欲穿，随时准备迎接她的到来。 这颗惶恐不安、饥渴已极的心在张开它的"双臂"等待春天。 "我"追切地问道："春天，你有何憧憬?""我何时能安静?"连续的追问如石沉大海，杳无音信，心灵在爱与希望中的呼唤一去不回，得到一颗替"我"分担忧愁的心的希望破灭了。 心灵已预感它将会孑然一身，继续求爱的努力已是徒然。

第一节中询求爱之何在的声音尚有回答，虽然是否定的回答，第二节中对爱人"有何憧憬"、"我何时能安静"的问题已是泥牛入海了。 心灵求"家"的前途一片茫然。

看到"河水奔腾，太阳金色的亲吻，深深地渗入我的血中"，"我"也不能安静，"而更感孤独。 在春天的阳光下'我'很矛盾地使心儿不能向外部扩张，而是回向内部：那双醉醺醺的眼睛合上了，将心与'我'周围的世界隔绝，使'我'陷入黑暗，只有耳朵与外界尚有联系。 眼睛与耳朵各自为政，互不联系，因此，诗开头心灵飞向外部（第一节），然后，开放与期待（第二节）最后回到内部，经过血直到心房"。

没能安静的"我"，"想这想那"，但想什么? 不得而知。"我"陷入了对"孤独的姑娘"的悲伤的思念和回忆以及对未来的憧憬之中，"喜"是对未来的期待，而"优"则是对那"往昔的不可名状的日子"的回忆。

"小山"、"白云"都不是"我"的"家"，都不能使我"安静"。 "我"期待着爱。

（温仁百）

我究竟怎样爱你

勃朗宁夫人①

我究竟怎样爱你? 让我细数端详。

我爱你直到我灵魂所及的深度、广度和高度,

我在视力不及之处,

摸索着存在的极致和美的理想。

我爱你像最朴素的日常需要一样,

就像不自觉地需要阳光和蜡烛。

我自由地爱你,像人们选择正义之路,

我纯洁地爱你,像人们躲避称赞颂扬。

我爱你用的是我在昔日的悲痛里,

用过的那种激情,以及童年的忠诚。

我爱你用的爱,我本以为早已失去,

(与我失去的圣徒一同);我爱你,

用笑容、眼泪、呼吸和生命!

只要上帝允许,

在死后我爱你将只会更加深情。

(飞 白 译)

---

① 勃朗宁夫人(1806—1861),英国19世纪著名女诗人。 她本是一个半残废的病人,在勃朗宁的热情鼓舞下,她对于人生逐渐有了信心,获得了新生的幸福,于是写下《抒情十四行诗集》,四十四首组诗,构成一个整体,记录了一段不平凡的爱情。 这部诗集是英国文学史上的珍品,深为历来读者所喜爱。

【赏析】

　　勃朗宁夫人这组情诗的最突出特征，可用一个字来概括：即"纯"。从力度上讲，这组诗的基调是柔和缠绵的，从深度上讲，这组诗的思想智慧并无特别的闪光之处，但其纯洁无瑕的真挚感情却使一般的儿女情长闪出了理想主义的光泽。正如女诗人在这首诗中所吟："我爱你直到我灵魂所及的深度、广度和高度，我在视力不及之处／摸索着存在的极致和美的理想。"——这颗灵魂的所有时空间都在追索着生命的极致；"我爱你像最朴素的日常需要一样……像人们选择正义之路，……像人们躲避称赞颂扬。"——这种爱出自生命的本能，出自对美的追求，她摒弃任何功利企图和庸俗肤浅，她不能容忍半点杂质；"我爱你用的是我在昔日的悲痛里／用过的那种激情，以及童年的忠诚。"——无望的病人和天真的儿童在倾注自己全部的心思和感情时，是毫无保留，也毫不犹豫的。即便如此，女诗人对自己已经做的和将要奉献的仍不满足，"只要上帝允许，在死后我爱你将只会更加深情。"这种至诚至爱的纯情并不是每一个人想有就可能拥有的，勃朗宁夫人的特殊经历正如她在给勃朗宁的信中所说的：

　　"我是乡间长大的，没有社交的机会；我的心完全沉浸在书本和诗歌中，我的经验局限在出神幻想的境界里。我的情怀无所寄托，总是沉沉地向地面倒垂，就像一株未经修剪的忍冬藤一样……"

　　这种与世隔绝的简陋无知对勃朗宁夫人的诗艺来说，无疑是一个可怕的致命伤，但在另一个层次上，又使她具有充分的内心生活和丰富的自我分析和自我认识，以及对社会人生幻想式的揣测和对外界生活纯真的向往。这样，独特的个人生活小背景代替了她难以接触的社会大背景，在一个充满怀疑和痛苦的时代，生活却赐给他一个不必怀疑的、充满乐观情绪和理想色彩的、富有活力和才华的、又对她情深似海的情人勃朗宁，于是，勃朗宁夫人的爱情虽在近四十岁时才姗姗来迟，但被唤醒的姑娘却一如十五岁的少女纯情如水，她那二十多年的卧床困病反过来只不过更衬托了幸福的优美和神奇，她这时候唱出的情歌将少女的贞洁与妇女的意趣联成一体，将单纯的歌词与丰富的旋律揉在一起，宛如来自仙境的神女的歌声，动人心魄。 在现实生活里，像勃朗宁夫人这样奇特的经历是极其稀有的，而她将这奇迹中的亲身感受和体验，借助高雅的文学修养和聪灵的诗歌才华写下的纯情组诗，更像世界宝库中的一颗稀世珍宝一样，令人注目和赞叹。

（潘一禾）

淡淡的晚星

缪　塞①

淡淡的晚星，遥远的使者，

荧荧的额头，探出西天幕，

你从碧落之宫，苍穹之腹，

往阔野上眺望什么？

暴风雨远逝，风也已平静，

森林在荆棘上颤抖哭泣，

金黄尺蛾轻轻画出弧形，

穿过清香的芳草地。

你在酣睡大地寻觅什么？

我看见你已向山峦垂低，

忧郁的朋友，你笑着逃去，

你闪烁的眼神就要消逝。

向着翠岗徐徐降落的星，

夜之袍上悲伤的珠光泪，

正赶路的牧人把你遥望，

---

① 缪塞（1810—1857），法国才气横溢的浪漫主义诗人、戏剧家。二十岁出版第一部诗集《西班牙与意大利的故事》，一举成名。第二部诗集《椅中景观》又引起轰动。他的著名诗篇还有《四夜歌》《回忆》等。

身后长列羊群步步跟随。

星，无垠之夜你去哪里？
是要在苇岸找一张牙床？
抑或在这万籁俱寂之际，
像绚丽宝珠坠入大海洋？

灿烂之星啊！若必将殒灭，
将你金发浸入沧溟大壑，
离开我们之前请稍停歇；
爱情之星，不要自天降落！

（李玉民　译）

【赏析】

《淡淡的晚星》的创作略早于《回忆》。《回忆》是痛定思痛之作，是著名的《四夜歌》的尾声，也是缪塞与乔治·桑那段爱情的总结："绝望之歌才是歌中的绝唱，／不朽的诗篇字字闪着泪光。"

缪塞在写《淡淡的晚星》时，心情已趋于平静："暴风雨远逝，风也已平静"，于是沉下心来思索"爱情之星"这个谜。它"眺望什么？""寻觅什么？""去哪里？"这种疑问，犹如"江畔何人初见月？江月何年初照人？"千古难解。若说它"像绚丽宝珠坠入大海洋"，那就更渺茫难见。唯一肯定的是它"笑着逃去"，"就要消逝"。一句"灿烂之星啊！若必将殒灭"，便道出诗人无可奈何之意。永恒无望，但求暂欢，诗人只好祈使它"请稍停歇"，仅此而已。

缪塞主张"诗句虽由手书,心却说话叹息"(《纳穆娜》);"无论快乐还是痛苦,都要不断地从心底流出"(《贫乏的祈愿》)。他在后期屏弃异国情调,回到典雅诗风,不愿意写社会政治诗,专意抒发胸臆,做世纪病的职业抒情诗人,创作了形式完美,艺术感人的名篇。从而在浪漫主义诗歌中,确立了他的不朽地位。

（李玉民）

青春和艺术

勃朗宁①

曾有过一次可能，仅仅一次：
当时我们同住一条街道，
你是独住在屋顶上的麻雀，
我是同样毛色的孤单雌鸟。

你的手艺是木棍和黏土，
你成天又捣又捏，又磨又拍，
并且笑着说："请拭目以待，
瞧史密斯成材，吉布森下台。"

我的事业除了歌还是歌，
我成天啁啁啾啾，啭鸣不歇，
"凯蒂·布劳恩登台之日，
格丽西也将黯然失色！"

你为人塑写生像所得无几，
跟我的卖唱彼此彼此。
你缺少的是一方大理石，

---

① 勃朗宁（1812—1889），19 世纪英国与丁尼生齐名的著名诗人。 勃朗宁自幼博览群书，兴趣广泛。 一生致力于诗歌题材的开掘与艺术技巧的探索，共创作近三百首诗。 勃朗宁特别擅长写抒情短诗，以首创"戏剧独白"体裁而闻名于世，对现代诗产生了重要影响。

我缺少一位音乐教师。

我们勤奋钻研各自的艺术，
而只啄食一点面包皮果腹。
要找空气，就开窗望瓦面，
要找笑料，就瞧对方的窗户。

你懒懒散散，南方孩子的神气，
便帽，工作服；还有一抹胡须；
说不定是你用沾泥的手指，
擦嘴的时候糊上去的。

而我呢，没多久也就发现，
花篱笆的空隙是个弱点，
我不得不挂起了窗帘，
我穿花边紧身衣才能保安全。

没坏处！这又不是我的错，
当我在高音 E 上唱出颤音，
或是爬上了一串半音阶的坡，
你呀，你连眼角都没扫过我。

春天吩咐麻雀们成双对，
小伙子和姑娘们都在相猜，
我们街上的摊子可真美——
点缀着新鲜的香蒲、香菜。

为什么你不捏个泥丸，
插朵花儿扔进我窗里来？
为什么我不含情回眸，
把无限的感激之意唱出来？

我若回眸时凶得像只山猫，
每当你那儿有模特儿来到，
轻佻的姑娘轻快地上楼，
至今我回想起来还气恼！

可是我也给了你一点儿好看！——
"那个外国人来调钢琴那天，
她干吗显出一副顽皮相，
谁知道她付人家什么价钱？"

你是否可能说而未说出来：
"让我们把手和命运联在一道，
我把她接到街这边来，
连同她的钢琴和长短调"？

不啊不，你不会鲁莽行事的，
我也不会比你更轻率：
你还得赶超和征服吉布森，
格丽西也还处于黄金时代。

后来，你已经受到王子邀请，

而我成了化装舞会的王后。
我嫁了个富有的老贵族，
你被授予爵士和院士头衔。

可是我们的生活都不满足，
这生活平静、残缺、拼凑、应付，
我们没有尽情地叹、尽情地笑，
没有挨饿、狂欢、绝望——没有幸福。

没有人说你是傻瓜、笨蛋，
大家都夸我聪明能干……
一生只可能遇到一次啊，
我们却错过了它，直到永远。

（飞　白　译）

【赏析】

这首戏剧独白诗的独白主人公是一个女歌唱家，独白的对方是她年轻时认识的一个雕塑家。独白者在回首往事，为错过了爱情的幸福而感到遗憾。

然而这首诗不属于典型勃朗宁式的戏剧独白诗，因为诗中叙事成分较浓，有头有尾，有完整的故事情节，所以，这一篇独白在很大程度上是说给读者听的。作为戏剧独白诗虽不很典型，但这首诗也体现了典型的勃朗宁式的思想追求。

故事开始的时候，年青的女主人公凯蒂·布劳恩与男主人公史密斯同住一条街道，隔窗相望。

从独白中我们得知，当时这一对年轻人对艺术都有一种近乎狂热的献身精神，都力争在各自的领域里成为出类拔萃之辈。尽管饥肠辘辘，"只啄食一点面包皮果腹"，但他们一个学雕塑，一个学唱歌，生活得相当充实、幸福。他们各自爱上了对方，但谁也不肯主动表白。反而极力掩饰这种朦胧的感情，甚至不惜恶作剧地引起对方妒忌。男主人公经常请一些轻佻姑娘来做模特儿，而女主人公则以请外国人调钢琴作为报复。于是，误会产生了，机会失去了，"曾有过一次可能，仅仅一次"的爱情从他们眼前飘然而逝。尽管最后，他们功成名就，一个成为院士，被册封为爵士；一个嫁给老贵族，成了化装舞会的王后，但他们的生活却有了无法弥补的缺憾。

从诗题来看，这首诗探讨的是青春和艺术的关系。对于人生来说，这两者都同样重要，但可悲的是往往不能两全。有些人贪图青春的欢乐而放弃了艺术（事业）的追求，到老来一无所成、遗憾终身；也有些人为了艺术（事业）的追求而错过了青春的机缘，到晚年功成名就才后悔莫及。诗中的这对年轻人显然是属于后一种情况。是啊，人生是不完美的、残缺的，就像天上画了一半的太阳。

（张德明）

祖　国

莱蒙托夫①

我爱祖国，是一种奇异的爱！

连我的理智也无法把它战胜。

无论是那用鲜血换来的光荣，

无论是那以愚信自豪的平静，

无论是那远古的珍贵传说，

都唤不起我心中欢快的憧憬。

但是我爱（自己也不知为什么）：

她那冷漠不语的茫茫草原，

她那迎风摇曳的无边森林，

她那宛如大海的春潮漫江……

我爱驾马车沿乡村小道飞奔，

用迟疑不决的目光把夜幕刺穿，

见路旁凄凉村落中明灭的灯火，

不禁要为宿夜的地方频频嗟叹；

我爱那谷茬焚烧后的袅袅轻烟，

我爱那草原上过夜的车队成串，

我爱那两棵泛着银光的白桦，

---

① 莱蒙托夫（1814—1841），俄罗斯著名诗人。 他的长诗《关于沙皇伊凡·瓦西里耶维奇、年轻的侍卫和勇敢的商人卡拉希尼可夫之歌》鞭笞了沙皇的暴虐，歌颂了平民的勇敢和正气。 长诗《恶魔》和《童僧》则表现了对于自由的渴求。 莱蒙托夫曾被放逐到高加索山区，死于决斗。

在苍黄田野间的小丘上呈现。
我怀着许多人陌生的欢欣，
望见那禾堆如山的打谷场，
望见盖着谷草的田家茅屋，
望见镶着雕花护板的小窗；
我愿在节日露重的夜晚，
伴着醉醺醺的农夫的闲谈，
把那跺脚又吹哨的欢舞，
尽情地饱看到更深夜半。

（顾蕴璞　译）

【赏析】

这首诗是莱蒙托夫祖国主题的总结和升华，也是他对保皇的斯拉夫派所鼓吹的愚忠的正统爱国观念的反叛。诗人在这里宣告，他要用连自己的理智都无法战胜的"奇异的爱"，要用许多人"感到陌生的欢欣"，来爱祖国的山川、森林、沃野和田亩，来爱农民哀中有乐的淳朴生活。

诗人这种祖国观被世人视为"奇异"，这在 19 世纪三四十年代的俄国是并不奇怪的。首先是因为它一笔勾销了沙皇当局引以为自豪的"用鲜血换来的光荣"，也就是沙皇尼古拉一世对十二月党人的狠毒绞杀，对"霍乱暴动"、诺夫哥罗德村民起义等的血腥镇压，对波兰起义的无情扑灭，对高加索的野蛮掠夺等。其次是因为它全盘否定了百姓"以愚信自豪的平静"的心态。再次则是因为它从此不再迷恋东正教的那些古老的珍贵传说了。总之，诗人的视线，从沙皇移向百姓，从愚忠移向觉醒，从"古往"移向"今来"。这就是莱蒙托夫的叛逆精神在祖国主题上所实现的重大突破。

在表现手法上，《祖国》也是独辟蹊径的。它一反浪漫主义空灵虚夸的诗风，改用了严格写实的笔法，如引人注目地采用了铺排（即我国古代文论所说赋、比、兴中的赋）技巧，给人以一种返璞归真的美，一种充满生活气息的美。全诗充分发挥了铺排的艺术感染力，第一诗段一连用了三个"无论"，第二诗段一连用了五个"我爱"和三个"望见"，像奔流不息的江水，一浪高过一浪，汹涌奔腾，一泻千里，痛快淋漓地把长年累月积淀在诗人胸中的祖国情倾泻无余。对于一个从浪漫主义向现实主义过渡的转折时期的诗人来说，《祖国》正是创作方法过渡的鲜明标志之一。

（顾蕴璞）

帆

莱蒙托夫

在那大海上淡蓝色的云雾里，
有一片孤帆儿在闪耀着白光！
……
它寻求什么，在遥远的异地？
它抛下什么，在可爱的故乡？
……

波涛在汹涌——海风在呼啸，
桅杆在弓起了腰轧轧作响。
……
唉！它不是在寻求什么幸福，
也不是逃避幸福而奔向他方！

下面是比蓝天还清澄的碧波，
上面是金黄色的灿烂的阳光……
而它，不安的，在祈求风暴，
仿佛是在风暴中才有着安详！

（余　振　译）

【赏析】

在莱蒙托夫的诗歌宝库中，《帆》可以说得上是一篇闪着异彩的杰作，不但在早期诗作中冠压群芳，而且在他全部创作中甚至在整个俄罗斯诗歌史上也堪称是不可多得的佳篇。著名作曲家华尔拉莫夫还把它谱成了一首抒情名歌。

《帆》是物化了情思的咏物诗。诗人以漂游在茫茫大海上的一叶孤帆，暗示了他因在莫斯科大学驱逐反动教授而被迫迁到圣彼得堡后的孤独苦闷的心情。和帆一样，诗人也漂浮在尘世的茫茫海洋之上，迷雾遮蔽了他的前程，风浪激发他去抗争，连红日和碧流都不能给他的心灵以宁静，他只有寄希望于风暴。在追求中彷徨，在彷徨中追求，这是帆的性格，也是抒情主人公的心态。

本诗意象丰美、跳跃，富有浪漫色彩。孤傲不群的性格在相互反衬的物象中显现出来：大海与孤帆，异地与故乡，寻找与逃离，红日与碧流，风暴与宁静……根据想象的逻辑，由三个蒙太奇镜头（一个诗节包含一个镜头）组接而成。这三个镜头摄自天气不同的海空，彼此之间呈现出明显的跳跃，但正是由不同的拍摄角度组接成一个完整的帆的形象。第一个镜头是一幅"雾海孤帆"图，传达的是天涯游子的迷惘感，他在这茫茫海面之上，想追求，但不知该追求什么，欲回望，但又有什么值得留恋呢？第二个镜头是一张"怒海风帆"画，传达的是顶风冒浪的紧迫感，汹涌的波涛反衬着起伏的心潮，但是帆儿令人不解的是既不在寻找幸福，也没有逃离幸福，它一定是在寻找别的什么吧，但到底是什么呢？第三个镜头则描绘了"晴海怪帆"的情景，传达的是一种逆反感。风平浪静，丽日碧流，可是帆儿却在祈求风暴。噢！原来，只有在风暴里他才寻找得到宁静之邦。丽日碧流、风平浪静的宁静不过是虚假的宁静，正如尼古拉一世专制统治下上流社会的歌舞升平，必须用风暴打破这个假象，才能真正找到自然界和心灵世界的安谧境界。这就是《帆》的象征意蕴。

（佚　名）

云雀的歌声更加嘹亮

阿·托尔斯泰①

云雀的歌声更加嘹亮，
春日的花朵更加鲜艳，
心中勃发激情，
天空美丽壮观。

砸碎忧愁的镣铐，
挣断世俗的锁链，
一股新生活的潮水，
呼啸奔腾滚滚向前。

新生力量的强劲旋律，
爆发清脆激越的声响，
仿佛在天与地之间，
拨动无数绷紧的琴弦。

（1858 年）

（陈松岩　译）

---

① 阿·托尔斯泰（1817—1875），俄国文学家，诗人。 他的诗节律明快，形象丰富，其中许多都被谱成歌曲广为传唱。 著名作品有《我的风铃草》以及诗剧《伊凡雷帝之死》三部曲等。 他是 19 世纪中叶最有成就的诗人之一，也是一位语言大师。

【赏析】

这是一首赞颂春天的诗作，诗人借歌颂大自然的春天，也热情讴歌了生活的春天和心灵的复苏，同时表达了对新生的美好事物充满希望和信念。

托尔斯泰不是从自然的状态去描绘春天，而是从自身的感受入手，大自然在他的笔下带有强烈的主观感情色彩，这使春天变得更加美好，分外妖娆。正是由于诗人强烈感受到"新生活的潮水"的奔流以及"新生力量的强劲旋律"，心中勃发了激情。在他面前云雀的歌声更加嘹亮，春天的花朵格外鲜艳，天空也变得美妙动人。读者从中明显感到诗人内心流露的喜悦之情，这是摆脱了种种精神苦闷和束缚之后激发出来的欢乐与舒畅，是心灵的搏动，是春天的跳动。这蓬勃旺盛的生命之潮如同冲破冰封雪盖的一江春水，滚滚向前，势不可挡。被这生活激流激动鼓舞的诗人仿佛聆听出周围世界以及内心深处一切"新生力量"都以"强劲旋律"，"爆发清脆激越的声响"。这声响不仅来自焕发青春的万物生灵，更来自诗人获得再生的心灵，其声响之宏大磅礴无与比拟，也许只有在天地之间张开一架由无数绷紧的琴弦组成的竖琴所发出的喧响才能与之匹敌。

（陈松岩）

十月之歌

施托姆①

朝雾轻升，落叶飘零；
让我们把美酒满斟！
我们要把这灰色的日子，
镀一镀金，镀一镀金！

不管是基督教或是异端，
让世人在那儿纷争喧嚷，
可是世界，美丽的世界，
它绝对不会灭亡！

我们的心虽然也会凄怆，——
且让我们碰杯作响！
我们知道，正义的心，
绝不会沦丧。

朝雾轻升，落叶飘零；
让我们把美酒满斟！
我们要把这灰色的日子，

---

① 施托姆（1817—1888），德国小说家、诗人。 他热爱祖国，渴望祖国统一，创作了一些洋溢着爱国主义热情的诗篇，如《离别》《1848 年复活节》等。他歌颂家乡美景的叙事诗《十月歌》《海岸》及描写宁静和谐的家庭生活的《安慰》《夜莺》《阖上我的双眼》等都广为传诵。

镀一镀金，镀一镀金！

秋天确已到来，可是请君少待，
只要请你少待片刻时光，
春天就要驾到，苍天就要含笑，
世界就要充满紫罗兰的芳香。
蔚蓝的日子接踵而至，
趁它们还没有消逝的时光，
我们勇敢的朋友，我们要，
享乐一场，享乐一场！

（钱春绮　译）

【赏析】

《十月之歌》创作于 1848 年 10 月 28 日至 29 日，是作者最欣赏的一首诗。

"这首诗典型地代表了施托姆诗歌的艺术风格。溢于言表的美化大自然的呼喊掩盖了政治色彩，贯穿全诗的大自然的声音要求人们把历史理解为自然发展的历史，并像对待自然发展那样对待社会历史的发展。……结构上的复重是对自然现象变换的预言，这首诗表现了施托姆的乐观主义精神。"

第一至第五节，每节前两行描写灰色的压抑的气氛，紧接着语气一转，发出向上的号召，表达对世界进步，正义必胜，春天一定还会回来的坚定信念，使诗中始终闪烁着催人奋发的生命火花。

"朝雾轻升，落叶飘零"，这是十月的景色。深秋时节，树叶枯落，大地将要进入冬眠状态，万籁俱寂，生长将会停止。在这种时候，人们看不到春天来临的征象，容易产生伤感的情绪。诗人鼓励人们应该保持乐观的态度，并且在这灰色的日子里有所作为，用我们智慧的双手来"把这灰色的日子镀一镀金"。

由自然界那生机勃勃的绿叶变得枯黄乃至飘落，诗人联想到人类社会中的败落现象，想到世人各派势力之间纷争不息，你争我夺，人类的秩序受到破坏，人性遭到扭曲。可是，不管谁胜谁负，谁生谁灭，都不能阻止世界的发展，世界将一如既往，按其自身规律不断向前，"它绝对不会灭亡！"

对于社会的纷乱，诗人并非视而不见，听而不闻。施托姆是一位爱国主义诗人，他写过洋溢着爱国热情的诗篇，对于祖国的命运，对于人类的灾难和痛苦，"我们的心虽然也会凄怆"，而这并不是真正对政治的关心，消极被动、怨天尤人是不可取的。正义一定会战胜邪恶，社会一定会进步，到那时，人们笑逐颜开，为此，我们应提前举杯，予以庆贺。

这时，诗人重复开头一节的诗句。是的，天地的运转是不断的，是不可逆转的。秋天固然使人有些悲伤，但是这决不应使人消沉。即使想到秋天过后那更为严峻的冬天，我们也应保持振作旺盛的精神状态，保持乐观主义精神。那么，眼前邪恶势力一时猖狂，正义一时遭受抑制，这种令人凄怆的境况终会正转过来。难道不是吗？

"秋天确已到来，可是请君少待，只要请你少待片刻时光，春天就要驾到，苍天就要含笑，世界就要充满紫罗兰的芳香。"是的，春天一定会"驾到"。有了这样的信念，还有必要再去为那世人的纷争喧嚷而感到"凄怆"吗？还有必要为秋天的落叶而悲伤吗？

最后两行是全诗的核心："我勇敢的朋友，我们要享乐一场，享乐一场！"

弗·施图克特评论施托姆的《十月之歌》时指出，一股冲天的活力贯穿始终，酒的金色照耀灰蒙蒙的大地。 坚信春天将至，坚信希望一定战胜现实中的一切邪恶。

（温仁百）

我在路易斯安纳看见一棵活栎在生长

惠特曼①

我在路易斯安纳看见一棵活栎在生长，

它茕然卓立，枝干上苔藓纷披，

没有任何伴侣，长在那里，生发出深绿色欢乐的绿叶，

看上去粗糙、刚直、雄健，使我想起我自己；

但是我不明白它怎能独自站立，

生发出欢乐的绿叶而没有朋友在身边，

因为我知道我不能，

我折下一截带着些绿叶、缠着些苔藓的小树枝，

把它带回去放在我的房里，我的眼前，

并不需要它来引起我对亲密朋友的思念，

（因为我相信近来除了他们我很少想别人）

然而它仍然是一种奇妙的象征，使我想到男子汉的爱；

尽管如此，尽管这棵活栎闪闪发光，

孤零零地立在路易斯安纳广阔平坦的原野上，

终生生发出欢乐的绿叶，

而可以没有一个朋友一个情人在身边，

我却清楚地知道我不能。

（江 枫 译）

---

① 惠特曼（1819—1892），美国著名的诗人。 从 18 世纪 50 年代开始写作自由体的诗歌，1855 年他自费印行了《草叶集》第一版。 这个薄薄的诗集可以说是美国诗歌的大胆革新，此后，《草叶集》每出一版，就增加新的篇章，到 1882 年，已经是收 372 首诗的巨著了。

【赏析】

全诗正面描绘一棵活栎可以独立无侣而犹自生发出闪闪发光的欢乐的绿叶，以反衬出诗人一再强调、反复说出的："我知道我不能"，"我清楚地知道我不能"。

人非草木，离不开伴侣，友谊和爱，异性的爱或同性的爱。

诗人一再重复我不能，也泄露出某种深心的孤独。立足于高山之巅，行进在行列最前端，都难免孤独，惠特曼的孤独，属于这种。

《草叶集》问世，虽然受到爱默生和梭罗这样一些文化精英人物的祝贺和赏识，但毕竟是少数，也有惠蒂尔那样一种当时的大诗人居然把他的赠阅本投入火炉。而在社会上，面临着清教主义卫道士的围剿，看不到他所期待的同情评论。以至使他不得不自己撰写这样的评论，包括虚报销售数字，而匿名或请朋友签名，谋求发表。爱默生的祝贺信，成了他宝贵的慰藉，也成了他到处示人的自我宣传品。他因缺乏理解的同情和支持而感到孤独。

西方评论家都愿意把包括这首诗在内的《芦苇》集，视为同性恋倾向及其难以满足的苦闷宣泄，而我，却宁愿把它读作："嘤其鸣矣，求其友声。"

(江　枫)

每当与你的微笑相遇

费　特①

每当与你的微笑相遇，

每当触到你目光明媚，

我就唱恋歌——不是对你，

而是对着你迷人的美。

人们说，夜的歌唱家，

爱用一往情深的啭鸣，

向芬芳摇床上的玫瑰花，

从昏到晨歌颂不停。

但花园的年轻女王无言，

纯洁而光彩照耀；

只有歌才需要美，

而美连歌也不需要。

（飞　白　译）

【赏析】

《每当与你的微笑相遇》是一首奇特的恋歌，——它既是一首恋歌（大约是诗人写给他的情人玛·拉济奇的），作者偏又说它不

---

① 费特（1820—1892），俄国诗人，1840 年费特出版了自己的第一本诗集《抒情诗的万神殿》，此后又写下了《狄安娜》《你美丽的花环清新而芬芳》《我来向你致意》等许多优秀的诗篇。 19 世纪 60 年代费特开始专事经营农庄而中断了诗歌创作，晚年时又重新提笔，创作了四卷本诗集《黄昏的灯火》。

是对情人唱的恋歌——"不是对你，而是对着你迷人的美。"实际上这二者很难区分，但费特却有意把"情"撇开，专门歌颂纯"美"，这只是为了突出"美"的价值和"唯美"（纯艺术）的主张，不妨称之为"离情手法"。

在诗的第二节中，诗人引用了一个欧洲广泛流传的故事，说夜莺（即诗中的"夜的歌唱家"）恋爱着玫瑰，通宵为她歌唱。这本是一个浪漫主义的故事，但在这里，费特把玫瑰用作了纯美的象征，并和自己的情人对应了起来，把她请上了花园女王的宝座，以"无言"的美君临一切。从而，诗人引出了最后的警句：

> 只有歌才需要美，
> 而美连歌也不需要。

诗人把美捧到至高无上的境界。美是自在的，自足的，自立的；而歌只能从属于美，歌者只能为美而歌唱，从中才能实现自己的价值。这既是诗人的自谦之词，更是唯美主义主张的概括。

（飞　白）

篱笆那边

狄金森①

篱笆那边——

有草莓一棵——

我知道，如果我愿——

我可以爬过——

草莓真甜！

可是，脏了围裙——

上帝一定要骂我——

哦，亲爱的，我猜，如果他也是个孩子——

他也会爬过去，如果，他能爬过。

（佚 名 译）

【赏析】

对于这样的诗，是可赏而不可析的。

那孩子，是狄金森，也是你，是我。 生活中有草莓，有篱笆，

有上帝。 谁生活过，谁就能理解。

草莓，甜的，草莓与"我"之间往往总有篱笆。

诗中的几个意象都有丰富的象征意义。 "草莓"可以看作人们

所喜爱的事物，所追求的目标；"篱笆"既是一种界限，更是一种

---

① 狄金森(1830—1886)，19 世纪美国女诗人。 她写了大约一千七百首诗。
她的诗都是别人在她死后整理出版的。 她的诗打破了她以前英语诗歌的某些传统
规范(但又迥异于惠特曼的风格)。 诗写得都很短，富有奇想，常寓有深邃的哲
理。 但也常有玄秘主义和晦涩的毛病。

障碍，是阻隔人们实现愿望的一种距离，而篱笆那边的草莓总似乎更甜，则道出了人们的一种普遍心理。 狄金森曾一再吟咏过：天堂是我难以企及的地方，禁果的滋味最美，饥饿刺激食欲，等等；"上帝"的含义则更为丰富，在"孩子"心目中的上帝，可以是长辈、管家或导师，可以指至高无上、无所不能、无处不在的"唯一真神"，也可以是行为的伦理、法律、神学规范。 意味深长的是，"我猜，如果他也是个孩子——他也会爬过去，如果，他能爬过。"这无疑是对"上帝"的一种调侃，对于拥有神圣权威的立法而兼执法者的一种俏皮而深刻的讽刺。 原来一本正经训诫别人不好的行为，"上帝"自己未必就不想做……这一切也许是我们读诗后的主观猜测，但这首短诗确实经得起人们的咀嚼，也自然会引起人们的各种联想。

狄金森在这首诗里，以孩子的语言，孩子的想法，写出孩子的内心独白，构制了一个耐人寻味的象征。 这独白中的真实与谬误，全都发人深省，因为在上帝面前，我们永远，而且，全都是幼稚的孩子。 成熟一点，就会知道。 不过，也许还是不成熟的好，伴随着成熟的是苦恼。 幼稚有幼稚的幸福。

那独白的孩子可能会错，却仍然是幸福的，尽管会挨骂，怕挨骂，或许挨过骂，然而，经过合理化猜测，再嘲笑一番上帝的嫉妒和不能，也就有了合理化的补偿和满足了。

狄金森不幸不是孩子，写这首诗的 1861 年，正当她和牧师沃兹华斯邂逅相爱之时，我们有理由相信，此诗之作和他们结合无缘一事不无关系，字里行间确也流露出对于某种美好事物可望而不可即又无可奈何的幽怨心情。

（江　枫）

没有一艘快船能像一本书

狄金森

没有一艘快船能像一本书。
也没有一匹骏马能像，
一页跳跃着的诗行——
那样把人带往远方。

这渠道最穷的人能走，
而不必为通行税伤神，
这是何等节俭的车，
它载着人的灵魂。

（江 枫 译）

【赏析】

狄金森一生经历失恋的痛苦，饱尝生活的挫折。 她狂热地写诗，但又得不到社会的承认。 于是，她足不出户，自我禁闭，把自己关在房间这个狭小的天地中读书写诗，解除生活的痛苦，寻求精神的慰藉。

女诗人在《没有一艘快船能像一本书》一诗中，抒发了自己读书的乐趣和写诗的情趣。 全诗仅有八行。 女诗人说尽管船只能漂洋过海，航行万里，骏马能日夜兼程奔驰到远方，但都不能像书和诗那样，把人的思想带到更遥远的地方，使人走向未来。 快船和骏马是无法与好书和好诗比拟的。

人人可以读书，人人可以读诗。 书和诗是通往幸福未来的渠道。 最穷困的人可以看书。 读书是最省钱，最节俭的方法。 读书能使最穷困的人忘记贫穷，寄托自己的思想感情。 书不仅传授知识，而且教人如何看待世界，看待生活，增强对世界的认识，忘却生活中遇到的挫折。 更为重要的是，女诗人认为书载着人的灵魂。书能洗涤人的心灵，开阔人的眼界。

（陈　伟）

暴风雨夜，暴风雨夜

狄金森

暴风雨夜，暴风雨夜！
我若和你同在一起，
暴风雨夜就是，
豪奢的喜悦！

风，无能为力——
心，已在港内——
罗盘，不必，
海图，不必！

泛舟在伊甸园——
啊，海！
但愿我能，今夜，
泊在你的水域！

（江　枫　译）

【赏析】

一个黑沉沉的乡村之夜，暴风雨骤然而至，电闪雷鸣，撞击着狄金森孤寂的心灵，使她萌发了和暴风雨一样猛烈的诗情，在黯淡的灯光下匆匆写下了这首诗。

人们的心灵息息相通。在孤独之中，月光会使人感到忧伤，暴风雨更会使人感到恐惧。因此，诗人耳边响彻着暴风雨巨大的响声，眼见窗外一片可怕的黑暗不时被闪电撕裂，她几乎是情不自禁地从心灵深处爆发出呼喊，毫不隐晦她对于恋人的渴望激情。 为了驱除孤独的痛苦，为了逃避暴风雨夜蒙在心头的恐惧，她渴望与恋人在一起。 这是诗歌的第一节中隐含的内容。 狄金森并未直抒心中的不安，而是从渴望的另一角度着笔，想象着暴风雨夜和恋人在一起的难以言喻的喜悦。 暴风雨夜会使她和恋人远离一切，隔绝在只有两个人的小天地里，于是，宇宙间仿佛只存在爱情，这正是诗人发自肺腑的渴念。 在急促的诗歌节奏中，读者感受到的正是这种心声。

第二节继续描写在想象的温馨中体验的情感。 狂暴的风雨声在甜蜜爱情的氛围中不再是恐惧之源。 对于一个脆弱孤独的心灵，它所显示的自然力量已经"无能为力"，因为这颗心灵正像一只小船，泊进了安全的港湾，爱情使她感到了安全，获得了生命的支撑和仰赖，保护着她不受任何力量的威胁。 诗人在人生的大海里漂荡，当爱情降临在身边，她在生活中的一切探索寻求都不复存在，可以抛开"罗盘"，"海图"，尽情地享受爱情的甜美。

诗人的想象离暴风雨夜越来越远，风声、雨声、渐渐隐去。 她仿佛看到了美妙的伊甸园，看到了自己泛舟其中的身影。 美梦使人陶醉，幻想的境界使人能短暂地忘却一切痛苦和哀愁。 狄金森就是这样用想象在暴风雨的夜晚为自己编织了一个神奇的梦境，并从中得到愉悦和安慰。

最后三句是诗人情感的一个突兀的跌宕。 此前的诗句由暴风雨的狂暴引出，诗人表达的是对它所象征的恐惧和危险的逃避。 第二节诗中的背景是大海，她渴望的是在暴风雨夜泊在安全的海港，寻求温馨和保护。 从"啊，海！"一句，诗人仿佛蓦然从甜美的梦中醒来，重新面对着暴风雨夜，完全抛开了一切怯懦和不安，向狂暴的大海发出挑战，她愿意置身于狂涛巨浪中。 虽然诗人并未解释她需要的是情感的搏斗，还是悲壮的死亡，这种从逃避到投入的情感转折，足以使人深切地体会到她内心激烈的冲突。 "泛舟在伊甸园"对于一个纤弱的、追求爱情幸福的女子来说，是潜心的向往。但对于狄金森来说，生活已经告诉她这是不可能实现的奢望。 当她的想象进入伊甸园美景的时候，现实中的痛苦突然像暴风雨夜的大水一样倾泻而出，使她迸发出痛不欲生的呼喊，产生了强烈的死亡冲动。 这里诗情的转折，正是源于现实生活的痛苦记忆对诗人想象的干扰。

也有许多批评家认为，这首诗是狄金森诗作中最坦率的情诗，"表达了几乎是狂暴的肉体的激情，她把这激情称之为豪奢"（克林斯·布鲁克斯语）。 它是情欲不可抑制的形象描绘，表达着一个女性在孤独中的渴求。 根据之一是诗中的抒情由暴风雨夜而始，终于大海，贯穿着水的形象。 在西方文化中，水总是象征着繁殖和性。 因此，和恋人同在一起的那种"豪奢的喜悦"，不仅仅是爱情的甜美思绪，而且是肉体渴求的满足。

（刘晨锋）

冬春之交

保尔·海泽①

狂风整夜呼啸，
吹打着无叶的树梢。
我的心儿醒时天刚破晓，
便在恐惧与希望之间反复推敲。

听吧，这总不停息的亲切响声，
正从树林传到我的耳里，
难道那些可爱的乌鸦，
已经在树枝间构筑新居？

那儿的路旁有一道白线——
我困惑地问着我的情感：
那是晚冬的白霜覆盖地面，
还是黑刺李花初绽？

(刁承俊 译)

---

① 保尔·海泽（1830—1914），德国作家，世界著名的中、短篇小说大师，1910 年获诺贝尔文学奖。除了为数众多的中、短篇小说和几部长篇小说外，还写过一些诗歌和剧本。他的作品语言优美、情节动人，但往往具有理想化的倾向。

【赏析】

这首田园抒情诗以朴实的语言、丰富的想象，描绘出冬春之交的自然景象。

呼啸的狂风、无叶的树梢，把冬天那朔气逼人、草木枯落的肃杀寒气，十分鲜明地展现在读者面前。正因为这样，人们才能在冬与春、在恐惧与希望之间徘徊。在这里，不仅恐惧与希望分别代表着冬与春，就连"天刚破晓"也意味深长。如果把冬天比作充满恐惧的漫漫长夜，那么黎明就是充满希望的春天。

乌鸦那熟悉的叽叽喳喳声宣告着新的一天的开始，歌唱着春天即将来临。乌鸦的鸣叫悦耳动听，深受德国人的喜爱。乌鸦常常出现在德国诗歌与民歌中。诗人借用这一可爱形象，具体生动地表现了正在孕育着的勃勃生机。

遥望远处，只见路旁有一道白线。这里是"白线"，而不是"白色一片"。这一方面说明距离不近，另一方面也说明所见之物并非皑皑白雪。在这种情况下，困惑莫解也就顺理成章了。难怪诗人在这里情不自禁发出了最后的疑问。全诗紧紧围绕冬春之交这一中心进行描绘，是白色霜冻还是黑刺李花，诗人没有做出回答，而是让读者自己去猜想、去回味，真有"余音绕梁"之妙。

原诗采用交叉押韵的形式，表现了晚冬将去、初春即至的那种充满希望的欢快、热烈的气氛。

（刁承俊）

奉 献

斯温本①

甜爱，别要我更多地奉献，
我给你一切，决不吝啬。
我若有更多，我心中的心，
我也会全都献在你脚边——
献出爱情帮助你生活，
献出歌声激励你飞升。

但一切礼品都不值什么，
只要一旦对你感受更深——
触摸着你，尝着你的甜，
想着你，呼吸着你，才能生活，
被你翅膀扫着，当你飞升，
被你双脚踏着，我也甘愿。

我什么也没有，只有爱情，
只能把对你的爱向你奉献。
他有更多，让他献得更多，

---

① 斯温本（1837—1909），他开拓了英国抒情诗的园地，同时也丰富了英国诗的音律。 斯温本著述丰富，主要有以苏格兰玛丽女王为主人公的三部曲《沙特拉尔》（1865）、《菩士威尔》（1874）和《玛丽·斯图亚特》（1881）和评论文集。

他有翅膀，就让他飞升；

而我的心啊在你脚边，

它必须爱你，才能生活。

（飞　白　译）

【赏析】

这首诗可以帮助我们看到斯温本是如何把唯美主义与革命民主主义这两种似乎互不相容的倾向结合在一起的。《奉献》选自《日出之前的歌》，从表面上看，与前二首诗风格相像。其音律非常精美：格律是扬抑抑格三音步，第三音步落在强音节（阳性韵）上；而韵式则是 abcabc，bcabca，cabcab。不但如此，诗中用的是很普通的词汇，而且除了两个词外，全部是单音节词；而错综复杂的韵脚所用的全部材料，也只是六个单音节词——Sweet，give，more，feet，live，soar，似乎是依靠它们的反复使用，玩弄着排列组合的文字游戏。

然而，这首诗并非形式主义的文字游戏。正如诗集书名和本诗标题所提示的，这首诗是有强烈倾向性的，它是一首献给自由和解放的情诗。作者怀着炽烈的恋情，甘愿向自由奉献一切，哪怕这只能换来对自由的一触。只要在触摸中体验到自由的可贵，那么比较之下，自己献出的一切都不值什么了。这一腔恋情更动人之处是：在解放斗争中难免有牺牲有误伤，但诗人却说，"被你翅膀扫着，当你飞升；／被你双脚踏着，我也甘愿"！在这儿，斯温本完成了他"奉献"的主题。

现在，我们看到此诗的唯美主义形式所起的作用了。回旋往复的韵式表现着缠绵炽烈的恋情；单音节词和阳性韵表现着坚毅果断的意志。 "过多的音乐"在这里没有盖过诗的内容，而是二者紧紧地结合为一体了。

　　译文保持了原诗风格与代数式般的韵式，但由于汉语句型的限制，韵脚未能仅限于六个词的范围内而略有变通。

（飞　白）

伤 痕

哈 代①

我爬上了山顶，

回望西天的光景，

太阳在云彩里，

宛似一个血殷的伤痕；

宛似我自身的伤痕，

知道的没有一个人，

因为我不曾袒露隐秘，

谁知这伤痕透过我的心。

（蓝人哲　译）

【赏析】

《伤痕》是哈代写的一首短小的抒情诗，收集在 1901 年出版的杂诗集《今昔诗集》中，表现了诗人坎坷的人生经历。

托马斯·哈代生在贫苦的石匠家庭，后来学建筑，与此同时，写诗作文。1867 年写了一部未出版的小说《穷人和小姐》，出版社不愿接受。1870 年又向出版社送出第二部书稿，取名《计出无奈》，哈代本人付出版费之后也只印了五百本，还遭到评论界的批评。1872 年哈代又出版了《绿荫下》。正当哈代根据稿约撰写

---

① 哈代（1840—1928），英国著名小说家、诗人。他从 1865 年开始写诗。1898 年，出版了他第一本诗集——《威塞克斯诗集》，后共出诗集八卷，收诗近千首。哈代晚年享受到英国人最高的推崇，1928 年 1 月 11 日去世，葬于伦敦威斯敏斯特教堂诗人之角。

《远离尘嚣》时，比哈代大八岁的良师益友霍勒斯·莫尔的自杀，给了哈代以沉重的打击。《还乡》出版，评论界的反应使哈代有点接受不了，日记中写道"没有足够的力量支持自己在这个世界上生活下去"。哈代于 1883 年回乡之后写出了评论界高度评价的《卡斯特桥市长》。可是接着写的《林中人》却受到教会的指责，尤其《德伯家的苔丝》的手稿，没有一家出版商肯于接受，哈代只得改写，1891 年出版后虽遭到一些人的谴责但却成了当时最佳畅销书。1895 年《无名的裘德》发表，招致各方面的责难和谩骂，甚至哈代的妻子爱玛也确信他在宗教上和道德上堕落了。二十多年创作生涯的艰辛和所招致的责难，给哈代的内心留下了深深的"伤痕"。从此，他决计不再写小说而去写诗歌。1898 年出版第一部诗集《威塞克斯诗集》之后的第三年，即 1901 年出版了这部《今昔诗集》，经过我们对哈代人生经历的透视，《伤痕》一诗的内涵便不言自明了。

《伤痕》由两个诗节组成，每节均为四行。第一节诗人运用象征、比喻和联想的手法，以"血殷的伤痕"比喻西天云彩里的太阳。大有"夕阳无限好，只是近黄昏"之慨，委婉抒发了诗人凄恻哀伤之情怀。

后一节则是直接抒情，由夕阳"宛似一个血殷的伤痕"转入到自我，"宛似我自身的伤痕"。这"伤痕"是诗人的隐秘，因为是从未袒露过的隐秘，这"伤痕"具有痛彻心扉的力量。

诗人写这首诗时，已经历了事业和感情两方面的创伤，内心里留下了累累伤痕，这些伤痕是主观的也是客观现实的反映，通过比喻、联想将自我内心的隐秘宣泄了出来，更令人同情。

这首诗的开头运用英文单音字，显出诗人是纯正的英国人，这种诗风与传统风习有关。

　　诗人善于写景抒情，情与景自然地融合在一起，风格质朴，用词简洁，韵律自然和谐，是抒情短诗中的精品。

（陈周方）

纯洁的，轻快的……

马拉美①

纯洁的，轻快的，美丽的今天，
是否将扇动狂热的翅膀去划破，
这被遗忘的坚硬湖面，未曾飞翔过，
在浓霜下的透明冰鹅常光顾湖边！

一只属于往昔的天鹅记起当年，
华贵的姿态，如今无望加以摆脱，
因为当烦恼在不育寒冬放光闪烁，
它未曾歌唱过生活的空间。

天鹅的颈将震落白色的垂危，
是天空把这强加给否认它的鸟类，
它却不能震落对压身泥土的恐惧。

这幽灵纯净的光辉给它规定在此，
天鹅一动不动，在蔑视的寒梦中睡去，
而在徒劳的流放中才有这种蔑视。

（郑克鲁　译）

---

① 马拉美（1842—1898），法国象征派诗人。 生于巴黎。 他从 1861 年起，受到波德莱尔和爱伦·坡的影响，诗歌较为晦涩，他的这首《纯洁的，轻快的……》就属于这一类。 1897 年，马拉美将他论诗的文章和讲演结集出版，题名为《乱弹集》。 1898 年 9 月，马拉美在瓦尔万邃然逝世。

【赏析】

这首诗写于 1885 年，又名《天鹅》。诗里描写的是一只冻结在湖上的天鹅的情景。但天鹅只是一种象征，诗中的具体描写也含有特定的象征意义，例如第三行"未曾飞翔过"指诗人写不出诗；第五行"一只属于往昔的天鹅"指天鹅如今不能飞翔；第七行"烦恼在不育寒冬"，冬天被诗人视作不育时节，而烦恼则是创作之季；第八行"生活的空间"指蓝天；第十一行"它却不能震落对压身泥土的恐惧"，指天鹅虽然摆脱冰封，抬起头来，但不能飞翔；最后一节暗指天鹅有朝一日能重新飞上蓝天。

有人认为这首诗写的是马拉美不满于自己前一段写作的不丰，犹如天鹅一样，以前姿态华贵，在蓝天翱翔，即指创作力旺盛；但后来在寒梦中睡去，即指创作力萎缩，产品几乎等于零。不过，天鹅不会忘记自己的天赋，对寒冷抱的是蔑视态度，即指诗人要重新振作起来，写出更多的诗篇。这种解释为努莱夫人提出，得到多数人的赞同。

萨特则认为这首诗阐明了马拉美的创作"异乎寻常的否定逻辑"，这已为"诗歌的内部注释"所证明，这就是第二节诗：天鹅的华贵姿态已属于过去，如今无望摆脱这种无所作为的状态。

第三种说法认为天鹅象征"存在的解放梦想"，天鹅的不动是一种牺牲，但它抱着解脱的希望。

三种说法都有一定道理。马拉美说过："诗歌不是去创作，而仅仅是要发现。"诗人要发现，读者也得去发现，发现他的诗所包含的意义。

这首诗讲求音韵美，全诗围绕着 i 这个元音押韵：一、四、五、八行为 ui，二、三、六、七行为 ivre，九、十行为 ie，十一、十三行为 is，十二、十四行为 igne，具有和谐的音乐性。 但从作诗的角度来看，则增加了难度。 这两方面正是马拉美后期诗作的特点。 马拉美凝字炼句的功夫对 20 世纪的诗人产生了很大影响。

（郑克鲁）

这是忧伤哀怨的陶醉

魏尔伦[①]

这是忧伤哀怨的陶醉，

这是痴情贪恋的疲惫，

这是整座森林在颤栗瑟瑟，

颤栗在微风的怀抱中，

这是面向灰暗的枝叶丛，

微弱的万籁合唱的歌。

哦这微弱清晰的呢喃！

它在簌簌啊，它在潺潺，

它就像是草浪摇曳婆娑，

呼出一片温柔的声息……

使你觉得，是回流的水底，

卵石在轻轻地翻滚厮磨。

这是心灵在叹息哀怨，

伴着呜咽声沉入睡眠，

这是我们的心灵吧，不是么？

这许是我的心、你的魂，

轻轻地，趁这温和的黄昏，

---

① 魏尔伦（1844—1896），法国象征派诗人的杰出代表。 1866 年，魏尔伦出版了他的第一部诗集《伤感集》。 1885 年完成的《被诅咒的诗人们》，树立了他在象征派诗人中的地位。 1894 年魏尔伦当上了"诗人之王"。

散发出一曲谦逊的颂歌？

（飞 白 译）

【赏析】

《这是忧伤哀怨的陶醉》选译自《无词的浪漫曲》。 有趣的是，这首诗不但是一首"无词曲"，而且按魏尔伦的悖论式的写法，还几乎是一首"无声曲。"原诗之前引用了法瓦的两行诗：

> 原野上的风
>
> 屏住了呼吸。

而诗中描写的却是原野上的风屏住呼吸时的风声！这是一种无声处的神秘的音乐。

其实，诗人也承认：无风之处还是有微风，森林在微风中颤栗，草叶在微风中婆娑。 但是魏尔伦采用了"花非花，雾非雾"的神秘化手法，把客观事物一一虚掉。 他说，这不是枝叶丛的声响，而是万籁"面向"枝叶丛唱歌：他说，这不是草浪的沙沙，可是它"就像是"草浪的声息；他说，这不是溪水冲激卵石，仅仅是"你觉得"如此而已。

大自然的这些声音的来源被诗人一一否定了，但是声音却在"呢喃"，在"簌簌"，在"潺潺"（原文中的大量象声词极富音响效果），诗人如何解释这无风黄昏的万籁呢？只剩下了一个解释："这不是我们心灵的声音吧？"自然的天籁，就这样化成了发自心灵的颂歌。 其实，细心的读者在诗的开头已经感觉到了，诗人要表现的是心灵的音乐，其他"外景"全是心情的投射。 原来，

> 这是忧伤哀怨的陶醉，
>
> 这是痴情贪恋的疲惫……

象征主义诗歌的理论基础是波德莱尔倡导的"契合论"。 象征

派继承了浪漫主义诗歌的主体性，然而并不像浪漫派那样直抒胸臆，不复是表现赤裸裸的自我，而是表现主体和客体的互相渗透和契合。 在波德莱尔那里，宇宙成了一座神秘的庙堂，诗人引导我们漫步其间，和万物相通相感，倾听着像空谷回音般的神秘信息。《这是忧伤哀怨的陶醉》就是这样一首体现契合论的诗，它把主观世界客观化，又把客观世界主观化了。 诗中那神秘的万籁就像前一首诗中的月光一样，用飘忽朦胧的纱幕笼罩和美化了心灵的舞台，同时也扩展了它，使之通向了无限。

　　附带说明一下，这首六行诗的韵式是 aab，ccb，即第一二行押韵，四五行押韵（均为法语的阴性韵），三六行押韵（阳性韵）。所用的韵都是"富韵"，即不但元音相同，附属的辅音也相同，构成非常和谐的和声，这是魏尔伦音韵的特色。 我在译文中依法仿制，例如第一节六行诗的韵脚是"醉惫瑟，中丛歌"，第二节是"喃潺娑，息底磨，"第三节是"怨眠么，魂昏歌"。 译文也尽量注意了韵的和声效果。

（飞　白）

孤　独

尼　采①

群鸦聒噪，
嗖嗖地飞向城里栖宿，
快下雪了。
有故乡者，拥有幸福！

你站着发愣，
回首往事，恍若隔世！
你多么愚蠢，
为避严冬，竟逃向人世？

世界是门，
通往大漠——又冷又哑！
不论谁人，
失你之所失，将无以为家。

你受到诅咒，
注定流浪在冬之旅程。
你永远追求，

---

① 尼采（1844—1900），德国哲学家、诗人。 他的诗歌语言优美，言简意赅，诗意浓郁，内容深邃，贯穿着哲理。 著名的有《醉歌》《放浪公子之歌》《威尼斯》和组诗《酒神颂》，以及一些描写孤独的情诗。

像青烟追求高寒的天空。

飞吧，鸟儿，
唱出粗砺的荒漠鸟音！
藏吧，愚人，
在冰和嘲讽中藏你流血的心！

群鸦聒噪，
嗖嗖地飞向城里栖宿，
快下雪了。
无故乡者，拥有痛苦！

（飞　白　译）

【赏析】

《孤独》是尼采在十年漂泊生涯中写成的，它集中地表现了尼采本人在流浪生活中的孤独处境以及孤独的心境。这种孤独，是精神需求很高的心灵在寻求理解而不可得时感到的孤独，这是各式各样的孤独中最具悲剧性的一种孤独。因此，尼采的这首《孤独》可算是孤独曲中的一首绝唱。

快下雪了。

有故乡者，拥有幸福！

任何一个漂泊四海的流浪者，见到此情此景，恐怕都不能不感叹人不如鸟。但这不是尼采在此诗中要表达的主要情感，至多也只不过是一层浮面的意思。不错，此句诗中确实含有一种苦涩的自嘲，但诗的深层，诗人要表达的则是一种对世俗所谓"幸福"的轻蔑与鄙夷。 有处所可供栖息固然幸福，不过这种幸福只为知足常乐者所羡慕，在诗人眼中并无多少值得留恋和追求之处。 或许是因为这种幸福缺少某种内在丰盛的精神元素，所以它充其量不过是芸芸众生伸手可得的世俗之乐，它太俗了。 为回避严冬而逃往人世，对于一个有着远大志向和有着无限精神追求的思想者来说，这不但不足取，而且是何等"愚蠢"呀。

真正的诗人哲学家的孤独，是由于真正的艺术和思想是超越时代的，在一定程度上很难为同时代人所理解并接受。

你永远追求，

像青烟追求高寒的天空。

这绝妙而意味深长的比喻，隐含着追求的执著，也流露出追求时寂寞凄凉的处境，使人感到诗人哲学家尼采在事业的奋斗中缺少被人理解的温暖，包围他的是太多的诅咒和寒冷；同时，也使人感到，虽然诗人的追求貌似青烟，最终可能化为一场虚无缥缈的徒劳，但那种无视命运坎坷而仍执著追求的精神是十分震撼人心的。

尼采曾为人们的目光短浅、生活浑浑噩噩而痛心。 他大声疾呼着人心的苏醒，宣扬他的人生哲学，但得到的反应是死寂般的麻木和漠然。 尼采为自己这种悲惨的境况发出痛苦的叹息；一个人从心灵深处发出如此呼喊之后，竟然听不到一丝回音，这真是可怕的经历，这简直是把我从活人的土地上拔了起来。

群鸦还在聒噪着掠过头顶，嗖嗖地飞向城里栖宿。 寒气更烈，冬云更浓，雪就要降临了。 尼采这个孤立无援、裸露寒空之下，而又比其他人更渴望活得真实一些的诗人哲学家，从来就明白，一旦自己走上通往大漠之路，是不会再有归程的。 于是，诗人怀着一颗布满创伤而毫不遗憾的心，唱出了《孤独》这首绝唱中的最后一句诗——

无故乡者，拥有痛苦！

（季新平）

丁香为我送芬芳

伐佐夫①

从邻家的花园里，
丁香为我送来了芬芳。
我的思念回到那遥远的过去，
我的心感到痛苦和忧伤。
我回到那繁花似锦的青年时代，
心中感到阵阵激动，甜如饴糖。
丁香为我送来了芬芳。
我忆起那已经逝去的一切，
和那已经没有踪影的既往：
我们俩曾并肩款款漫步，
（此情此景多么令我神往！）
在五月的夜晚，在年轻的花园，
映着那天灯的光亮。
丁香为我送来了芬芳。

多少热情而温存的话语，
（啊，我的心感到多么甜蜜欢畅！）
交换在那白色的绣球花旁，
轻风徐徐给我们送上，

---

① 伐佐夫（1850—1921），保加利亚作家、诗人、社会活动家。办过报刊，当过法官、议员和教育部长。后脱离政界，专心致力于文学。一生写了几十卷诗歌、小说、戏剧、散文、札记，以长篇小说《轭下》闻名于世。

那丁香的馥郁——

一道道爱情的气浪。

丁香为我送来了芬芳。

我们俩在那沉睡的花园里，

曾经长久地信步游荡。

那时我的心灵里弥漫着，

幸福生活的芳香。

月光在大地上给我们，

绘下了倩影一双。

丁香为我送来了芬芳。

(1919 年)

(杨燕杰　译)

【赏析】

春浓夜淡，风轻花重，信步款款，情柔语软，"甜蜜欢畅"，这无疑是一个堕入情网的少年正在追忆不久前的幽会。他那颗稚嫩的心因初尝爱情的甘美而陶醉。他是那样痴情、专注、神往。

诗作的主人却是一位饱经忧患、年近古稀的老人，斯年六十九岁。伐佐夫为了民族的解放，曾奔走于沙场、政坛，或置身于金戈铁马，或面对唇枪舌剑，他一生从未停止用自己战斗的诗篇击鼓呐喊——从青年到晚年。令人惊奇的是，他那血洗火炼过的心灵却又这样年轻——宛如一眼翠峰古泉，淌出的溪流竟是那样欢快、甘甜！在回忆青春最迷人的花朵——初恋时，他的思绪是那样细腻：一步、一声、一光、一影，都清晰可见；他的情意又是那样缠绵：像春风那样温存、绣球花那样洁白、丁香那样馥郁。

如果说经过几十年的劳苦艰辛，诗人的躯体已经衰老，诗人的心灵却是年轻的，来自这种心灵的爱情也是年轻的，这种爱情的芬芳也不逊当年。 这是因为纯正的心灵孕育了纯真的爱情，爱情又滋补了心灵。 心灵与爱情恰似当年月下的一双倩影，相依相随，自始至终。

回忆使诗人"内心感到阵阵激动"，"逝去的一切"好像已经无踪可寻，这使诗人"感到痛苦和忧伤"。 韶光已逝，身临晚景。诗人面对晚霞，回忆既往，心中涌起一缕惆怅之情，感情真切。

（杨燕杰）

纯朴的诗

何塞·马蒂①

当你看见白浪滔天，
那就是我的诗篇；
它就像一座高山，
又像一把羽扇。

我的诗像一把短剑，
从双刃放射出光焰；
我的诗像一眼喷泉，
喷出银珠儿串串。

它有时碧绿晶莹，
有时灼热火红；
像一只受伤的小鹿，
在山中寻求庇护。

我的诗使勇士高兴：
我的诗简洁、真诚，
铸造宝剑的钢铁，

---

① 何塞·马蒂（1853—1895），古巴独立运动时期的伟大政治家，拉丁美洲现代主义诗歌的开创者。 1895 年 4 月回国参加独立战争，5 月 19 日在战斗中阵亡。 在从事革命活动的同时，马蒂创作了大量诗歌，主要有：诗剧《阿布达拉》，诗集《伊斯马埃利约》《自由的诗》和《纯朴的诗》等。

就是它的魂灵。

（赵振江　译）

【赏析】

这首诗选自马蒂的代表作诗集《纯朴的诗》。它突出的特点是朴实无华却寓意深邃。诗人先把自己的诗比作"白浪"、比作"高山"、比作"羽扇"、比作"短剑"、比作"喷泉"、比作"小鹿"，借以抒发自己的志向和抱负；他希望自己的诗歌能像高山一般的刚毅；像羽扇般的典雅、美丽；像宝剑一般锋利，像小鹿一样活泼温顺。最后一节，是全诗的核心。

诗集《纯朴的诗》共收入四十六首。里面既有庄严、肃穆，令人悲愤的诗，也有绚丽多彩的抒情诗；既有批判丑恶，催人奋起的诗，也有委婉多情、动人心弦的诗。所有这些作品都是从诗人心灵中迸发出来的火花。加上诗人的写作技巧已达到精深的地步，因此能够做到"淡语亦浓"、"朴语亦华"。法国大作家雨果说："不论怎样丰富，怎样复杂，甚至纷繁、杂乱、难以清理，只要是真实的，便也是单纯的。这种很深刻的单纯，是唯一被艺术所承认了的。单纯，由于是真实的，因而也就是纯朴的。真实的面貌就是纯朴"。马蒂的创作实践证明了这一看法是正确的。

（赵昌黎）

元音字母

兰　波①

黑A，白E，红I，绿U，蓝O：啊，元音字母，
我总有一天会说出你们潜在的出身：
A，在令人难以忍受的臭味周围以洪钟般的呼声，
嗡嗡作响的苍蝇那毛茸茸的黑色紧身服，

笼罩着阴影的海湾；E，洁白的汽船与天篷，
骄傲的玻璃商的长枪，清白的国王，伞形花的战栗；
I，绯红，咳出的鲜血，愤怒时，
或忏悔的陶醉中美丽的嘴角的笑容；

U，循环，碧海神奇的震荡，
布满牛羊的牧场的安宁，勤勉而广阔的前额上，
由炼金术印下的皱纹的平静；

O，发出满耳古怪的尖鸣声的至高无上的军号，
被人间与天使所打破的寂寥：
——啊，奥梅加，她那对眼睛的紫色的光明！

（张秋红　译）

---

① 兰波（1854—1891），法国诗人。他少年早熟，十五岁能写拉丁诗，获
学院赛头奖，二十岁前写下了他全部的诗篇，经历了诗歌由格律诗向散文诗的转
变，全盘革新了法国诗歌的抒情方式。1891年因病回国，同年逝于马赛。

【赏析】

　　1871 年 8 月，兰波给巴黎诗人魏尔兰寄去几首新诗，这首著名的十四行诗就是其中之一。 魏尔兰读后极为赞赏，立即邀他去会晤："来吧，亲爱的了不起的孩子!"

　　这首诗是受波德莱尔《应和》一诗影响的产物。 象征主义诗派的先驱把心理学中的"通感"引入诗歌创作，在表现人与自然界的关系的同时，表现人自身各种感觉之间的关系：声音可以使人看到色彩，色彩可以使人闻到香味，香味可以使人听到声音，亦即声音、色彩与香味可以互相沟通，声音可以诉诸视觉，色彩可以诉诸嗅觉，香味可以诉诸视觉，这就为诗的表现力开拓了新的源泉。

　　兰波在当年 5 月 15 日致保罗·德梅尼的那封著名的《通灵者书简》中提出，诗人应该找到一种语言，这种语言融合了香味、声音与色彩，囊括一切，足以把思想与思想联系起来，并引出意念，使心灵与心灵互相呼应。 这首诗正是他实践自己的文学主张的一个标本。

　　兰波凭借飞动的神思与联翩的浮想，在这首诗中不仅别出心裁地为元音字母披上五彩缤纷的外衣，而且通过不同角度的观察与不同侧面的描绘，运用丰富奇巧的比喻与精妙双关的语言，赋予元音字母以形象与灵魂。 两年后，诗人在《地狱中的一季》的《语言炼金术》一章中回顾自己的这一创造时，依然抑制不住内心的喜悦。

（张秋红）

我的流浪

兰　波

我漫步走去，拳头放在穿洞的兜里，
我的外衣也变得十分称心如意；
在天空下漫游，缪斯！
我是你忠诚的朋友；
哦啦啦！我梦到多少辉煌的爱情！

唯一的短裤有个大窟窿。
——爱梦想的小拇指，我沿途抛出，
一个个诗韵。
我的旅店在那大熊星。
——我的星群在天空喃喃细语。

我坐在路旁聆听。
这美好的九月夜晚，
几滴露珠落到额上，犹如滋补身体的甘醴；

我在古怪的影里吟诵，
拨弄负伤的鞋带，好像抚弄竖琴，
一只脚靠近我的心。

（1870 年）

（刘自强　译）

【赏析】

《我的流浪》写成于普法战争后：兰波即将中学毕业，他感情激动不安于学，于是从家中出走，想去巴黎；但因没有钱，半途被送回。兰波又作了第二次尝试，去比利时寻找职业，但也被送回。他曾步行穿过法国与比利时的大片原野，沿途吟诗漫游，豪放之至。

《我的流浪》就是他在这个时期作的一首抒情的亚历山大体十四行诗。在严谨的韵律格式下，兰波的语言放出了异彩。他既不像浪漫诗人那样哀歌，沉思或雄辩，也不像帕尔纳斯诗人那样搞唯美主义，而是以洒脱的豪情吟唱他的流浪，还带着一点儿自嘲。"在天空下漫游，缪斯！我是你忠诚的朋友；／哦啦啦！我梦到多少辉煌的爱情！"惊叹词"哦啦啦"这样通俗的口语在法国诗歌中出现，可能是仅有的一次。它把任何严肃的气氛都驱散了。"唯一的短裤有个大窟窿"，是句很有现实色彩的诗句，但是和其他现实主义的描写不同，没有压抑人的沉闷气氛，因为诗人起始就以他的幽默自嘲把所有严肃沉闷的空气一扫而空。

而且，兰波的现实主义总是和他的丰富的想象联系在一起："爱梦想的小拇指，我沿途抛出／一个个诗韵。我的旅店在那大熊星。"读者的视野立即被扩展到无限的星空，随着诗人行进的节奏，人们不仅看到那漫天的星斗，还听到了它们的细语。（兰波用了仿声词"弗鲁，弗鲁"）

最后的诗节表现出兰波把现实及幻想，声音和形象综合起来的绝妙本领："我在古怪的影里吟诵，／拨弄负伤的鞋带，好像抚弄竖琴，／一只脚靠近我的心。"这时，他好像进入了一个梦幻的奇特世界，他所感受的不是步行的疲劳，而是诗与音乐的欢快。

（刘自强）

晨的印象

王尔德①

泰晤士河的夜曲啊，金而蓝，
溶入了和谐的浅灰色调，
驳船满装黄褐的干草，
离开了码头边，带着寒颤。

黄雾悄悄地爬下桥梁，
使屋墙变得影影绰绰；
圣保罗教堂也隐隐约约，
像一个气泡浮在城上。

接着，突然间生活的音响，
开始觉醒，大车的喧嚣，
扰动了街心，一只小鸟，
飞到闪光的屋顶上高唱。

还有个女子孑身一人，
晨光已吻着她暗淡的发卷，
她还在煤气街灯下流连，——

---

① 王尔德（1854—1900），19 世纪末的唯美主义作家，因直接打起"唯美主义"旗号而闻名于世。但在诗歌方面他其实是先拉斐尔派的回声，未曾形成一个独立的诗派。

火焰的嘴唇，石头的心。

（飞　白　译）

【赏析】

《晨的印象》是一首富于王尔德唯美主义特色的诗，同时也是对法国印象派绘画的一种模仿。法国印象派绘画兴起于19世纪六七十年代，以特别重视自然光的效应为其特征，具有反对学院派常规的革新意义。1874年，这批革新派青年画家举办第一次画展，遭到保守舆论的嘲骂攻击，尤以莫奈的《日出印象》一画受到的嘲弄为甚。批评者挖苦地称他们为"印象派"，画派由此得名。

莫奈的《日出印象》画的是塞纳河口勒阿弗尔港的日出景象。在雾蒙蒙的氛围中，一轮红日方升，海天迷茫，呈现出一片金黄紫灰混杂不清的光和色，一切都在隐隐约约中动荡。这是画家对日出的新的发现。王尔德说过："人们现在看见雾，并非由于雾的存在，而是因为诗人们、画家们已经教会人们领略雾景的神秘与可爱。""所以，雾并不存在，直到艺术家创造了雾。"于是，王尔德也用诗的形式，仿照《日出印象》创作了《晨的印象》，而且标题也用了法语。

背景从法国塞纳河移到了伦敦泰晤士河上。在晨雾中，金黄紫灰的光色效应与莫奈的画十分相似，一切景色也是影影绰绰、隐隐约约的，但王尔德诗中还描绘了晨的动态过程：从夜景经过浅灰，过渡到屋顶闪光，生活觉醒。最后，他又在风景画上轻轻抹上了一笔社会生活的色彩，摄下了一个街头女郎——马路天使的小景。根据王尔德的艺术主张，他没有对此作道德评价，仅仅把她也归入了"晨的印象"之中。

（飞　白）

你的眼睛是火焰

卡尔费尔德①

你的眼睛是火焰，

我的灵魂是石蜡和松脂。

转身离开我吧，

在我的心像炭火熊熊燃烧之前。

我是一只小提琴，

全世界的歌都装在我的胸间。

任你演奏哪一首曲子，

随你怎样拨弄这一根根琴弦。

转身离开我吧，

不，快快回到我的身边！

我要燃烧，我要冷却。

我是渴望，我是欲念，

哪管它一年四季暑冬春秋。

所有的琴弦都已绷紧；

等待着有人让它们歌唱，

那将是如醉如痴，似狂似癫，

它们将引吭高歌，

倾吐出我纠结在胸中多年的痴恋。

---

① 卡尔费尔德（1864—1931），瑞典抒情诗人，原名埃里克·阿克塞尔·埃里克逊。代表作为诗集《弗里多林之歌》和《弗里多林的乐园》。其他诗作还有《荒原和爱情之歌》《弗洛拉和波玛拉》和《秋日的号角》等。

回到我身边吧，

不，快快转身离开我！

在深秋的黄昏暮霭里，

让我们像七月流火一样炽燃。

暴风雨般的欢乐，

在我们血管里泛起了狂澜——

直到它平息下来，

我才看到你迈着轻盈的脚步，

在朦胧暮色中徐徐消失。

你呀，你的倩影萦绕着我，

经年累月无时无刻，

虽然我火热的青春，

如今早已一去不再复返。

（斯　文　译）

【赏析】

这一首诗是情歌中的上乘之作，写得细腻婉转、清新俊雅。色彩虽然艳丽，然而并不俗气。用字虽然浅近，然而并不流于轻浮挑逗。

诗的一开始就用了两个比喻来表现对爱情的追求。诗人将对方的眼睛比作火焰，而将自己的灵魂比作石蜡和松脂，这个比喻十分妥切，也很浅近，同我们俗语中将青年男女形容为干柴烈火有异曲同工之妙。诗人再进一步铺开，将自己比作小提琴，但等对方的手来拨动琴弦，这个比喻就更意蕴丰富了，因为诗人胸中装满了美妙的歌曲磅礴欲出。两个比喻绘形绘色地把热恋的情态描写出来了。

接下来的诗句展现出年轻男子在热恋之中的纷纭复杂的心态。诗人从四个层次上加以展示：盼望着姑娘立即来到身旁，但又害怕她真的来到，情绪矛盾的焦灼不安是单相思的痴恋者所常有的心态。歌德在《少年维特之烦恼》中有更细腻入微的描述。心头在燃烧而头脑要冷却，感情和理智的冲突属于第二个心态层次。然而理性的明智似乎总难浇灭爱情之火，诗人呼出了我是欲念，我是渴望的呼声，这是诗人为了爱情不惜一切的感性关照，也是他占有欲的坦诚自白。于是，诗人下定决心不管在什么情况下都要倾吐出自己的痴恋，要在爱情之中求得痛苦的解脱，这是第三个心理层次，也展现出了痴恋刻骨铭心的程度。

在下一节里，诗人描述了爱情的旖旎场面。在黄昏的薄雾中，姑娘轻盈地来到，一对恋人再也克制不住自己，都像七月流火般燃烧起来，缠绵和欢乐使他们热血泛起狂澜。这是何等销魂的夜晚。这几句在表现手法上是可以同"月上柳梢头，人约黄昏后"的佳句堪为比美，因为两者都留出巨大的空白让人自由地想象恋人们幽会情景，可以收到异途同归的艺术效果。然而后者相当含蓄婉约，而前者则大胆直率地把感情推到了高峰。

诗的结尾却宕出新意。火热的幽会结束了，姑娘的倩影在夜晚中消失了，然而诗人并没有真正得到她，以至于虽然青春早逝，却还经年累月地思念着这个姑娘。于是就产生了一个问题，恋人的会面是否真实的。诗里没有明白交代，然而从朦胧含糊中似不难看出这是诗人年青时代的梦幻，是他的渴望和欲念，而正是这种占有的渴望和欲念使得诗人既燃烧又冷却，既苦恼又害怕。这种情绪上的跌宕转换是和诗的开端遥相呼应的。诗的结尾几句是全篇的高潮，也是精华，因为深刻地描写出了爱情的第四个心理层次：青春和幸福是短暂的，然而真正的爱情却是长远的，直到生命的终结方才罢休。姑娘的倩影虽然一去杳然，诗人的爱情却绵长无休，它不像青年时代那样火山爆发般燃烧，然而却像炭火般灼热不会熄灭。这种情绪转换也留下了较大空白，让人寻思玩味。

　　这首诗的艺术结构具有严谨合理的特色，层层铺叙，推向高潮。诗的用字很浅近，可是语淡情深，言有尽而意无穷，收到了清新隽永的艺术效果。

（石琴娥）

丽达与天鹅

叶　芝①

猝然一攫，巨翼犹兀自拍动，

扇着欲坠的少女，他用黑蹼，

摩挲她的双股，含她的后颈在喙中，

且拥她无助的乳房在他的胸脯，

惊骇而含糊的手指怎能推拒，

她松弛的股间，那羽化的宠幸？

白热的冲刺下，被扑倒的凡躯，

怎能不感到那跳动着的心？

腰际一阵颤抖，从此便种下，

败壁颓垣，屋顶与城楼焚毁，

而亚嘉门农死去。

就这样被抓，

被自天而降的暴力所凌驾，

她可曾就神力汲神的智慧，

乘那冷漠之喙尚未将她放下？

（叶维廉　译）

---

①　叶芝(1865—1939)，现代英国著名抒情诗人，诺贝尔文学奖获得者，20世纪初爱尔兰文艺复兴运动的领导人之一。　他是后期象征主义诗歌在英国的主要代表，对现代英诗的发展有过重大影响。

【赏析】

这首诗取材于希腊神话，主神宙斯化形为天鹅，同斯巴达王廷达瑞俄斯之妻丽达结合，丽达产蛋，生下绝世美女海伦，和另一女儿克吕泰涅斯特拉。这两个美女都为人间带来了灾难：为争夺海伦，爆发了长达十年的特洛伊战争；而克吕泰涅斯特拉则因同他人通奸而杀死了自己的丈夫——希腊联军统帅阿伽门农（即诗中"亚嘉门农"）。

前八句，诗人给我们展现了一幅人禽狎昵的惊心动魄的画面。强暴粗野的"天鹅"以突然袭击的方式，扑向美丽的"少女"，它是那样迅疾、蛮横、肆虐，使少女无法进行丝毫反抗。诗人采用了一系列色彩浓烈，节奏急促，对比鲜明的描绘：一边是少女的"后颈"，无助的"乳房"，松弛的"双股"，"惊骇的手指"；一边是拍动的"巨翼"，"黑蹼"的摩挲，"冷漠的云喙"，"白热的冲刺"……仿佛电影里的特写镜头，拍下了这幕骇人听闻的暴行，使人如临其境，耳闻目睹，久久不能平静。这种细致真实、重笔浓彩式的描写，犹如米开朗基罗的油画，在象征主义诗歌中实不多见。

自然，诗人并非出于伦理道德观念谴责"天鹅"的暴力，读了后面的诗行，分明可以感到其中深刻的历史寓意。如果说前两节是把神话传说加以形象化，侧重于描绘；那么，后两节则是依据神话点出题旨，着力于说理。"断壁颓垣，屋顶与城楼焚毁"是影射因海伦引起的残酷持久的特洛伊战争，它给双方人民带来了无比巨大的灾祸；而"亚嘉门农死去"则直指丽达的长女克吕泰涅斯特拉的杀夫暴行。这两桩悲剧性事件的发生，都是"天鹅"播下的恶果。再从丽达方面设想，她虽然被迫同宙斯结合，但她能否就此得到神的智慧，诗人对此表示出怀疑。

叶芝在诗中常爱运用丽达和天鹅的形象。（例如在他的名诗《在学童们中间》就把他所爱的恋人毛特·岗比作丽达。）这同他的历史观有关。叶芝一向认为历史的发展如同"旋体"的循环推进。天鹅与丽达的结合，正象征着人类历史的一个新的开端。叶芝写这首诗正是有感于当时欧洲政治的衰败，企图寻找一条新的道路。

（许自强）

当你老了

叶 芝

当你老了，头白了，睡思昏沉，
炉火旁打盹，请取下这部诗歌，
慢慢读，回想你过去眼神的柔和，
回想它们昔日浓重的阴影；

多少人爱你青春欢畅的时辰，
爱慕你的美丽，假意或真心，
只有一个人爱你那朝圣者的灵魂，
爱你衰老了的脸上痛苦的皱纹；

垂下头来，在红光闪耀的炉子旁，
凄然地轻轻诉说那爱情的消逝，
在头顶的山上它缓缓踱着步子，
在一群星星中间隐藏着脸庞。

（袁可嘉　译）

【赏析】

诗人写这首诗时，他所爱恋的对象正值青春年少，有着靓丽的容颜和迷人的风韵。 人们常说，"哪个少女不善怀春，哪个少男不善钟情"。 古往今来，爱情似乎总是与青春、美貌联系在一起。当人们沐浴在爱情的光辉中，脑海里只有当下，总是潜藏着一种拒绝时间、拒绝变化、将瞬间化为永恒的欲望。 而诗人偏要穿越悠远的时光隧道，想到红颜少女的垂暮之年，想象她白发苍苍、身躯佝偻的样子。

对一位正享受青春之果的少女宣讲她的暮年，这太残酷了，就像对一个刚出世的儿童说他一定要死一样，但这却是不可抗拒的自然规律。诗人这样写并非只是要向她说出这个"真理"，而是要通过这种方式向她表达自己的爱。

诗人仿佛是一个孤独者，远远地、却又执著地注视着，爱恋着那位被人们众星捧月的姑娘，向她献出自己独特的却真正弥足珍贵的爱情，因为别人或真情或假意的爱，只是爱她的容颜，独有诗人爱着她高贵的灵魂。红颜易老，青春难留，而少女高贵的灵魂、内在的美质却会在岁月的流逝中永驻，就像酒，藏之愈久，味之弥醇，因而诗人的爱情也得以超越时光，超越外在的美丽。

这首爱情诗是独特的，其独特来自诗人独特而真挚的情感，没有这种情感，刻意去别出心裁，只会让人觉得做作。因而，本诗与其说是诗人在想象中讲述少女的暮年，不如说是诗人在向少女、向滔滔流逝的岁月剖白自己天地可鉴的真情。从这个意义上讲，打动我们的正是诗中流溢出的那股哀伤无望，却又矢志无悔的真挚情感。

（佚　名）

园丁集（9）

泰戈尔①

当我在夜中独赴幽会的时候，
鸟儿不叫，风儿不吹，
街道两旁的房屋沉默地站立着，
是我自己的脚镯越走越响使我羞怯。

当我坐在凉台上倾听他的足音，树叶不摇，
河水静止像熟睡的哨兵膝上的刀剑，
是我自己的心在狂跳——我不知道怎样使它宁静。

当我爱来了坐在我身旁，
当我的身躯震颤，我的眼睫下垂。
夜更深了，风吹灯灭，
云片在繁星上曳过轻纱。
是我自己胸前的珍宝放出光明，
我不知道怎样把它遮起。

（冰　心　译）

【赏析】

这首诗细腻而真实地描绘出了一个纯情少女在赴情人的幽会时
的特异心理和情绪上的微妙变化。

---

① 泰戈尔(1861—1941)，印度伟大诗人、作家。于1915年以抒情诗集《吉
檀迦利》而获诺贝尔文学奖，他在小说、戏剧、诗歌、散文、文学批评诸方面都取
得了很大的成就，对印度现当代文学产生了很大影响。

诗的第一节，是写去赴幽会的路上，少女那略感紧张、微带羞怯的情形。"鸟儿不叫，风儿不吹"，房屋也都"沉默地站立着"——万籁俱寂的夜晚，本来正是赴幽会的好时候；可是，这过分的宁静，却使心事重重的姑娘未免有些心慌。夜越静，少女走路时的脚镯声就显得越响，怕被人撞见的少女，脸上也就越觉得害羞。

　　第二节是写少女赶到了幽会地点之后，在等候情郎到来时，内心的激动。诗人将少女与她周围的环境融为一体，以写"树叶不摇，河水静止"来衬托少女那屏声静气地"倾听"情人的足音时，那种专注的情态，她一心要倾听情郎的"足音"，但在一片沉寂中听到的只是"自己的心在狂跳"。外在环境的静和抒情主人公内心的"动"，形成了鲜明的对照，互相映衬，韵味无穷。

　　诗的最后一节，写的是情郎来到之后，少女内心的微妙变化。她"身躯震颤"、"眼睫下垂"。至于情郎坐在"我"身旁之后又怎样了？少女为什么会"身躯震颤"、"眼睫下垂"？诗中并没有进一步的说明。这就给读者留下了充分的想象余地。诗人通过景物描写（"夜更深了，风吹灯灭，云片在繁星上曳过轻纱"），给读者的想象暗示出一个可靠的方向——在环境提供的便利条件下，少女与情郎实现了亲热的幽会，那情形使天上的星星也羞得曳过轻纱般的"云片"，遮住了眼睛；又通过对少女几乎手足无措的样子的描画（"不知道怎样"把"胸前的珍宝""遮起"），含蓄地表现了少女那既娇羞又欢喜的神情和心理状态。

　　诗作语言上的清丽自然、亲切委婉，与抒情主人公的身份和诗的内容和谐一致，浑然一体，是这首诗的一个显著特色。

（岳洪治）

园丁集（33）

泰戈尔

我爱你，我的爱人。请饶恕我的爱。
像一只迷路的鸟，我被捉住了。
当我的心抖战的时候，它丢了围纱变成赤裸。
用怜悯遮住它吧。
爱人，请饶恕我的爱。

如果你不能爱我，爱人，请饶恕我的痛苦。
不要远远地斜视我。
我将偷偷地回到我的角落里去，在黑暗中坐地。
我将用双手掩起我赤裸的羞惭。
回过脸去吧，我的爱人，
请饶恕我的痛苦。

如果你爱我，爱人，请饶恕我的欢乐。
当我的心被快乐的洪水卷走的时候，
不要笑我的汹涌的退却。
当我坐在宝座上用我暴虐的爱来统治你的时候，
当我像女神一样向你施恩的时候，
饶恕我的骄傲吧，爱人，
也饶恕我的欢乐。

（冰　心　译）

【赏析】

这是一个女子在向自己所爱的男人倾吐衷情。

诗的第一节,用"像一只迷路的鸟,我被捉住了",形象地写出"我"已经身不由己地被"你"所吸引,而坠入情网。当"我"的心"抖战"的时候,"它丢了围纱变成赤裸"。形象地描绘出了抒情主人公在被爱情的烈火焚烧着时,那激动的情状;她甚至能够丢开一个女子不可须臾离开的"围纱"——她的羞怯。

所以,她希望自己所爱的人,能够"饶恕"她这种由于"爱"而显得不顾一切的反常行为;能够以"怜悯"的态度来对待她这颗如此真诚的爱心。

在诗的第二节里,诗作又从"如果你不能爱我"这种假设出发,通过抒写抒情主人公由于得不到爱而导致的痛苦,进一步表现了诗中这个痴情女子真挚的爱情。她无怨无悔,只是忍受不了心上人对自己的那种"远远地斜视"的态度,而宁可自己偷偷躲在"角落里去"伤心落泪。反映了她性格柔顺、善良。

第三节诗则从"如果你爱我"的假设出发,以生动的比喻,写出了获得甜蜜爱情的女子,那种发自内心的巨大的欢乐。"汹涌的退却"是说女子在确实知道自己已经赢得了情郎的爱情之后,所故意表现出来的那种羞怯与退避的姿态。而"我坐在宝座上用我暴虐的爱来统治你"、"像女神一样向你施恩"等语,则是用隐语写出了,这个女子在与情郎相爱时,内心的那份得意与欢畅。

由于诗人能够细致入微的体察恋爱中的女子丰富多变的内心世界,并善于运用准确、形象的语言,戏剧化地加以表现,因而使我们读后,能够如临其境地感觉到纯真爱情的可贵与崇高。

(岳洪治)

我不懂得明智

巴尔蒙特①

我不懂得明智——这只对别人合适，
我写进诗中的全是倏忽即逝。
我在每个瞬息中看见世界千万，
其中充满着虹的七彩，流转变幻。

不要骂我，明智的人。何必管我？
我只不过是一朵云，云中全是火。
我只不过是一朵云，在空中浮行。
我呼唤幻想者，我不呼唤你们！

（飞　白　译）

【赏析】

《我不懂得明智》是巴尔蒙特用诗歌语言向读者阐述的他的创作准则。领会这首诗的要义，对帮助我们理解巴尔蒙特的整个诗歌创作，乃至整个象征主义诗歌运动都是大有裨益的。

巴尔蒙特认为，诗人的理智就是疯狂，就是非理性。所以，在诗歌一开始，他便开宗明义地宣称："我不懂得明智——这只对别人合适。"巴尔蒙特天生就不是那种循规蹈矩的人，理智的束缚在他是一具必须砸碎的枷锁。他决意潜入到意识的深层领域，在无序

---

① 巴尔蒙特（1867—1942），俄国诗人、文学评论家和翻译家。19世纪90年代，出版了《在北方的天空下》《在无穷之中》和《静》三部诗集，这些诗作不仅确立了巴尔蒙特在俄国诗坛的重要地位，而且也成为俄国象征主义诗歌的奠基之作。

的世界里探索诗的有序。 因此，他与现实主义的创作方法完全背道而驰。 在巴尔蒙特看来，现实主义者只是普通的观察者，而象征主义者则是深邃的思想家。 《我不懂得明智》一诗中的"别人"和"明智的人"大概主要是指理性色彩较浓的现实主义作家。 巴尔蒙特的艺术主张虽然稍显偏激，但也不无深刻之处。 这一点，从象征主义思潮的传遍世界和象征主义诗歌的大师辈出便可得到佐证。

巴尔蒙特还认为，诗人的界限就是无限。 这样一来，他就将自己陷入了一个十分被动的处境，因为无限本身是无法阐明无限的。 为了解脱这一困境，巴尔蒙特求救于波德莱尔所倡导的"契合论"，希图借有限来表现无限。 在茫茫的宇宙中，有限的最好形式莫过于时序中的一个个瞬间。 人类便生存于现存的每一刹那之中，正是在这一刹那里蕴藏了生活的真理，它是欢乐和悲伤的真正源泉。 因此，"瞬间"是永恒的符号和暗示，是看不见的心灵的宇宙。 基于此，巴尔蒙特向世人宣称："我写进诗中的全是倏忽即逝。 我在每个瞬息中看见世界千万"。 从某种意义上说，巴尔蒙特达到了他所追求的目标，诗人肉体的生命作为倏忽即逝的有限存在，早已化为乌有，而他的精神生命，即他的诗歌则流传了下来，在无限的世界里得以不朽。

（汪剑钊）

春天的秋歌

达里奥①

青春啊，奇妙的宝贝，

此一去啊，不再归！

我之欲哭无泪下……

但有哭时不吟悲……

我心灵的青春史，

如今已为几多重。

她曾是甜美少女，

在此世伤心苦痛。

她的目光像黎明那样清澈，

她的微笑如同绽开的花朵。

她那团乌黑的长发啊，

是由黑夜和哀痛所做。

我那时像孩子一般怯馁。

她，自然是我，

一心爱恋的，

---

① 达里奥（1867—1916），尼加拉瓜诗人。 达里奥在诗歌上取得了极为辉煌的成就，以至在拉丁美洲被认为是杰出的诗歌天才，尊称为"诗圣"。 达里奥给我们留下的诗文遗产是极为丰富的，其中最能代表达里奥的是诗歌小说集《蓝》及诗集《世俗的圣歌》和《生命与希望之歌》。

希洛迪亚斯和莎乐美……

青春啊，奇妙的宝贝，
此一去啊不再归！
我之欲哭无泪下……
但有哭时不吟悲……

她使我无比宽慰，
心旷神怡，亲切轻松，
她也曾使我无比激动，
童稚之心难免懵懂。

伴随她那绵绵柔情，
是激烈的情欲冲动。
裹着那纯洁的轻纱筒裙，
是一个纵酒的女人。

她将我的幻想托在手臂，
如同催眠婴儿昏昏入睡……
她夺去了他的生命，幼小、悲苦，
还不曾具有信念和聪慧……

青春啊，奇妙的宝贝，
此一去啊不再归！
我之欲哭无泪下……

但有哭时不吟悲……

她曾把自己的情欲，
珍藏在我的嘴里；
她对我疯狂地亲吻，
用牙齿咬住了我的心。

她梦寐以求的，
是深深的爱情，
但愿那拥抱和吻，
在人间保持永恒；

她从我们轻浮的肉体，
总是想到伊甸园里，
她不想这春天和肉体，
一样会长辞永去……

青春啊，奇妙的宝贝，
此一去啊不再归！
我之欲哭无泪下……
但有哭时不吟悲……

青春还有几多重！
多少国度，多少风情，
倘未成我诗中之韵，

便也留为心中之影。

我寻公主徒然无逢，
公主寂寞面生愁容。
尝尽人生悲伤苦痛。
再无公主传来歌声！

尽管时间顽固绵延，
我的情思却无终点，
待到头发花白之时，
逸兴信步玫瑰花园……

青春啊，奇妙的宝贝，
此一去啊不再归！
我之欲哭无泪下……
但有哭时不吟悲……

而永远属于我啊，
那金色的晨辉！

（孟继成　译）

【赏析】

卢文·达里奥认为蓝色是"理想、苍茫、无限"的象征，使之完全独立于眼前的现实，成了他想象的世界的代名词。所以他命名他的一个诗文集为《蓝》。《蓝》中的许多诗歌都具有浓厚的怀旧情调，颇有浪漫的色彩。《春天的秋歌》即属于这一类诗歌。作者在诗中极力渲染他想象中青春的美好，青春的激情，这自然而然地加重了失去青春的哀怨和苦闷。

诗人反复吟唱道："青春啊，奇妙的宝贝，／此一去啊不再归！／我之欲哭无泪下……／但有哭时不吟悲……"在诗人笔下，"青春"是一种象征，它象征着一切美好无比却不能长久的事物，诗人在繁花似锦的春天却吟唱着无比凄凉哀婉的秋歌，一方面表现了诗人对有一颗事物的敏感和多情的心，另一方面也同诗人的人生哲学有关。他写道："她的目光像黎明那样清澈，／她的微笑如同绽开的花朵。／她那团乌黑的长发啊，／是由黑夜和哀痛所做。"诗人在这里强调了一切美的东西都要由痛苦与黑暗中产生，由于美伴随着哀痛所生长，所以它才能具有一种悲剧的美，才能打动人的心灵。但美好的事物的背后隐含着大量的危机，当一种东西达到顶峰时，人们所恐惧的是它的陨落。所以在青春的盛景背后，人们所体验到的是青春的丧失。这是一种人类所共有的"集体无意识"，诗人深深体味了这一点并用如此优美的语言表达出来，让人们读后更加感慨青春易逝，便更加珍惜这短暂的时光，会更好地珍藏那美好的记忆。为了挽留住这青春匆匆的脚步，我们所做的只有这些，而诗人的这首《春天的秋歌》倒真正成了青春永在的标志。

诗人在包括《春天里的秋歌》在内的许多诗歌中对西班牙语诗歌各种形式的节奏和韵律进行了广泛的探索。文学评论家恩里克斯·乌雷尼亚说"达里奥……使得大量的诗律形式风行一时并最后成为永恒；它们或者是很少被人使用的诗句，例如九音节的和十二音节的（它有三种形式），或者如亚历山大诗句，……（他）使用灵活的重音和停顿，使之具有更大的音乐特色。由于达里奥重新采用了两种新的重音的方式，这是西班牙人使用了三个世纪但从 1800 年左右以来已被遗忘了的，甚至十一音节也获得了新的柔韧性。 他也向吸引了许多现代伟大诗人的六韵步的问题进攻……最后，他采用了现代的自由诗"。

（佚　名）

我想念你……

雅　姆①

我想念你，我的目光从玫瑰花丛，
移到一簇簇如火如荼的山梅花上。
我想再看见你，当麝香葡萄，
在青李子树旁沉睡的时候。

从我出生以来，我感到心底里，
有一股难以解释的情感。
我对你说，玫瑰花已掉在沙地上，
玻璃花瓶放在桌面上，
姑娘已穿上便鞋，
金龟子比花朵沉重。

"但是，所有这些牧草不久都会消逝吗？"
"噢，我亲爱的，一切都在消逝：
摇曳的牧草，毛驴的蹄子，
乌鸫的歌声，情人的亲吻。"

"但是我们的亲吻，亲爱的，不会消逝吧？"
"肯定不会，"我说，

---

① 雅姆（1868—1938），一译亚默，法国诗人。 主要诗集有《从黎明三钟经到夜晚三钟经》《报春花的哀伤》《生命的胜利》《天上云隙》《披树叶的教堂》等。

"牧草在消逝，诚然如此。

但是我们的亲吻，亲爱的，决不会消逝。"

（金志平　译）

【赏析】

《我想念你……》摘译自诗集《天上云隙》（1906）。第一、二节写诗人对不在身边的情人的思念，第三、四节写他想象中与情人的对话。时间在秋天。最后一节画龙点睛：姑娘担心爱情也会跟万物一起消逝，但诗人打消了她的顾虑。

在这首诗里，就像在雅姆的大多数作品中那样，大自然占着显著的位置。花草虫鸟，构成和平、宁静的气氛。在寂静中，玫瑰花掉在沙地上，便鞋减弱了姑娘的脚步声，摇曳的牧草使人感到微风习习，只有乌鸫在鸣转歌唱。这种感人的气氛增强了信任感。

然而仍然不乏某种哀愁。夏天让位于秋天，景色依然斑斓，可死神的阴影已出现在地平线上。诗人感叹人生短暂："一切都在消逝。"

尽管如此，这首诗并不悲伤。什么都不能影响这对情侣的感情，一切都是过眼云烟，"但是我们的亲吻，亲爱的，决不会消逝。"

原诗是自由诗，每节长短、节奏都不同，第二节包括六行，其余为四行。十八行诗中十二音节的八行，八音节的十行，长行至短行表现节奏加快的运动（诗人急忙回答），相反则放慢速度，短句并列表示迅速列举。全诗写得朴素、自然，情真意切。

（金志平）

让白云……

雅　姆

让白云在阳光下飘过。
这儿只有你，大地和天空。
几乎什么都不想。像蜜一样甘美。

青色的水芹边，绵羊将来饮水。
姑娘将在黑色的农庄里歌唱。
熟透的梨将掉在温热的地上。

老妇会因纺车颤动而颤抖。
公羊会在咩咩叫的羊群里叫。
姑娘会以爱回报情人的爱。

毛驴将一边抖掉苍蝇一边走过。
母亲将俯在她催眠的孩子身上哼唱，
而我将抱吻你，嘴对着嘴。

以后天空会变蓝，以后天空会变灰。
鸟儿会鸣转，会发出叫声。
在古老的井边会长出黄杨。

你听，亲爱的，谷仓顶下有个燕窝，
几只叽叽喳喳乱叫的小燕子，

过着平静、乖巧的生活多愉快。

大车过去了，牛群闪闪发光的角上，
有林中长长的蕨类植物遮盖，
夏天阴凉的树林有缓慢的泉水流淌。

麦子被割倒了，躺在阳光下……
然后雨水来临，它来自天上，
它淹没我的心，它冲掉蜂蜜。

我的心被割下了，躺在阳光下……
一位姑娘来临，她来自天上，
她没收我的心，她吃掉蜂蜜。

但痛苦是甜蜜的，你的爱是温柔的。
你将你的心，你的头和你的膝给了我，
咱俩已合而为一，你的心是咱俩的。

（金志平　译）

【赏析】

作为一位淳朴的"乡间诗人"，雅姆用简单的语言歌唱简单的事物，特别善于歌唱大自然和少女。《让白云……》这首诗就是一例。表面上看来，他笔下的这些事物太平凡了，似乎不值得吟诵，其实不然，这些平凡的事物里蕴涵着情趣，需要敏锐的目光去观察，善感的心灵去体会。雅姆认为凡是自然的事物都是值得描写的，因此他要"像学校里的孩子尽量准确地描摹字帖一样，有意识地摹写一只漂亮的鸟，一朵花，或一位妙龄少女"，他热爱大自然和生命，熟悉并了解乡村的事物，在这首诗里，他通过正确的观察，如实描绘了不少动植物和自然现象，无论是绵羊、毛驴、燕子、牛群还是水芹、梨子、黄杨、树林，无不引起他浓厚的兴趣，然而占中心地位的仍然是人。雅姆同情下层穷苦人民，他写过《有一个小鞋匠》《可怜的中学舍监》等诗，赞颂他们勤恳而有益的劳动，哀叹他们苦难而悲惨的命运。在这首短诗里，他写了一个纺棉纱的老妇，一位为孩子催眠的母亲，还刻画了一对情侣合而为一、心心相印的爱情。

雅姆用日常语言写诗，避免陈词滥调。他向修辞开战，认为与其夸张矫饰，不如朴实无华。比如在这首诗里，他写情侣接吻，就直接说"嘴对着嘴"。他追求简洁适度，认为十二音节的诗太"啰唆"，为革新诗歌形式而采用自由诗体。他的诗具有一种特殊的清新质朴的风格，不能用一般的尺度衡量。法国著名文学评论家朗松写道："要欣赏雅姆的诗，必须忘掉一切习惯，一切俗套，一切传统，一切流派的一切的美。"

（金志平）

致故乡

伊·布宁①

啊，故乡啊，故乡，

你遭尽他们的挖苦摧残。

他们嫌你朴实无华，

嫌你的茅屋丑陋昏暗……

在儿子的城市朋友当中，

她感到疲惫、悲戚、怯然。

儿子心安理得，厚颜无耻，

还为母亲感到羞惭。

他带着怜悯的冷笑望着她，

而她为了和儿子见一面，

不远迢迢万里跋涉，

还为他省下最后一文钱。

（1891 年）

（乌兰汗　译）

---

① 伊·布宁（1870—1953），俄国晚期重要的诗人、小说家。 1891 年开始发表诗作，1901 年因诗集《落叶》获普希金奖。 1909 年当选院士，1920 年侨居法国，1933 年获诺贝尔文学奖。 他的作品善于描写自然景物，有时带有悲观情调。

【赏析】

在布宁的诗歌世界中，纯朴的乡村生活与繁杂的城市文明的对比，是他钟爱的抒情诗主题。乡村朴实无华的美是他生活的动力和创作的源泉。《致故乡》以城乡的对比歌颂了慈母之心，鞭挞了儿嫌母丑的不肖之辈，表达了他对故乡的一片深情。

在诗中，母亲的形象与乡村的形象紧密相连。这位母亲像她的故乡一样平常、一样贫穷，然而也一样的纯朴。她怀着慈爱之心，省下最后一文钱，"不远迢迢万里跋涉"，从乡下赶到城里来看望儿子。然而在城市化了的儿子及其朋友那里，她非但没能得到同样温情的回报，反而受到轻蔑和嘲讽，"她感到疲惫、悲戚、怯然"。对母亲的冷眼相待正是对乡村的鄙视挖苦联系在一起，而她的亲生儿子竟然"心安理得，厚颜无耻"，"带着怜悯的冷笑望着她"，并"为她感到羞惭"。他心里产生的羞惭、怜悯之情绝不是因为母亲和故乡遭到了那些人的讥笑，而是因为母亲的来访使他在朋友面前有了几分低下感，他为此感到羞惭，同时又为母亲至今还那么孤陋寡闻地生活在为他们所不齿的乡村而感到可怜。

城市文明的光怪陆离，繁华喧嚣吞没了乡村千百年培养、流传下来的纯朴、善良，人们甚至忘却了连血亲在内的故乡一切，竟然予以挖苦摧残，对此诗人感到无比痛心，从"故乡啊，故乡"的呼唤中，人们听得出诗人那伤感与辛酸的心声。

(陈松岩)

初 恋

岛崎藤村①

记得苹果树下初次相会，

您乌黑的云发刚刚束起；

一把雕花梳斜插在发髻，

衬得您的脸庞如花似玉。

您伸出纤纤的玉手，

将一只苹果塞进我的怀里；

那微泛红晕的秋之硕果，

勾起我纯洁的初恋之情。

当我无心的叹息，

纷撒在您的发鬓。

欢乐的爱情之杯，

已斟满您一片蜜意柔情。

记得在那片苹果树林，

有一条自然形成的小径；

您曾羞赧地向我问过，

---

① 岛崎藤村（1872—1943），诗人，小说家。原名春树。1897 年—1901 年
发表《嫩菜集》《一叶舟》《夏草》《落梅集》4 部诗集，开创了日本抒情诗的黄
金时代，被誉为日本近代诗歌的真正开拓者。

是谁最早将它踏出？

（1896 年）

（宋再新　译）

【赏析】

这首诗写于 1896 年，距今已有一百多年的历史了，但现在读来，仍给人一种清新之感，仿佛那对漫步在苹果树下的恋人就在眼前。

这首诗分四节，按照季节的变幻和人物内心情感的发展，把"我"与"您"的恋爱过程描绘得真切自然，有如闻其声、如见其人的艺术感染力。四节诗由具有象征意象的苹果，连缀成一个完整的整体。

第一节写"我"和"您"的"初次相会"。诗人把它安排在"苹果树下"，用白色和明快的苹果花来形容少女的脸庞，第一次见到这朵朴实无华的苹果花时，就使"我"为之动情。第二节写恋情的萌生，此时的"苹果"是一颗刚刚成熟的"秋之硕果"还"微泛红晕"，它喻示着"我"和"您"刚刚萌生的羞涩的恋情。第三节写恋爱的愉悦，诗中虽然没有出现"苹果"，但经过春天在"苹果树下"的"初次相会"和秋天"您""塞进我的怀里"的那只"苹果"之后，如今，"我"的"爱情之杯"里已经斟满了"您"的"蜜意柔情"。第四节又回到了"苹果树下"，让"我"和"您"陶醉在初恋的回忆之中，尽管"您"的问话还是那样羞赧，但此刻，两颗心已经紧紧地连在一起了。

这是诗人二十五岁时写的一首爱情诗，而且写得如此动情。难怪诗人在五十岁时仍发出感叹：初恋是难以忘怀的。

（李　强）

爱情正在来临

尼尔森①

静谧，一如玫瑰花蕾絮语，
对着稀薄的空气，
爱情的步履那么轻盈，
我不知道她已来临。

静谧，有如恋人们蠕动，
当月亮升到中天，
轻柔，像演奏者的颤抖，
当曲调使他热泪涌流；

静谧，犹如幽谷百合，
发出无声的誓言，
羞怯的朝圣者挨近，
我不知道她已来临。

静谧，就像无用的眼泪，
洒向一个弥天大罪，
轻柔，有如小提琴上，
奏出了忧郁的呼唤；

① 尼尔森（1872—1942），澳大利亚诗人，出生于南澳大利亚的帕诺拉。他依靠干体力劳动维持生活，一面干活一面吟诗，下班后自己记下或托人写下。他创造出了一种独特的诗风，他获得过一种文学年金，但数目不大。

不见暴风雨和冰雹，

也没有火和闪光的刀，

爱情的步履那么轻盈，

我不知道她已来临。

（李文俊　译）

【赏析】

也许因为作者是个盲诗人，他的内心生活像是比普通人更加细腻与丰富。他看不见，但是听觉特别灵敏。他能听到"玫瑰花蕾"的絮语，而且是"对着稀薄的空气"的絮语。他能听到深夜"恋人们的蠕动"。他能听到幽谷百合所"发出的无声的誓言"。然而，即使是这么敏感的心灵，却仍然未能察觉爱情的来临，足见爱情是一种多么微妙与难以捉摸的心灵状态。一般人对这种如烟如雾如云的状态有所感受，却说不清楚。诗人用纤巧的笔触把它摹写出来，使人们读了能引起种种回忆与联想，这正是诗人的本事。

原诗形式工整，押的是二、四行的尾韵，译者改为三、四行押韵（一、二行可押则押，不勉强）。原诗五节，四节的开头都是一个"quietly"（译文用同样轻柔的"静谧"代替），有两节的第三行以"softly"打头，译文里是"轻柔"。这几行的头两个字，译文中都用逗号点断，以表达爱情来临时那种踟蹰不前、欲行又止的步态。至于是否能达到这种效果，则有待读者的检验了。

（李文俊）

我　们

勃留索夫①

我们是涌起的浪峰之顶，

我们又碎成了白沫水花，

我们疲倦地展开铺平，

像活浪铺成死的手帕。

我们消逝，被另一浪吞没，

它也将闪耀短短的片刻，

垂死之浪的粼粼微波，

都被太阳染成金色。

我是大海一滴！后退无计，

在浩瀚中回旋而不消逝。

在永恒天穹的覆盆里，

风暴将把我重新扬起！

（飞　白　译）

【赏析】

《我们》可看作是勃留索夫代表整个象征诗派所做的宣言。　十
九世纪末的俄罗斯文坛，浪漫主义由于情感泛滥、流于矫情而日益

---

① 勃留索夫（1873—1924），俄国 19 世纪末 20 世纪初象征主义诗歌的领袖
和伟大代表。 1894—1895 年，勃留索夫的两卷《俄国象征派》的出版成了俄国象
征派历史上的重要里程碑，使勃留索夫成为俄国象征派公认的领袖。 著有《第三
班值勤》《石匠》《匕首》《致全世界》《花环》等。

衰落，批判现实主义也由于几位大师的相继去世而趋向式微，开始了各种文学流派并存的局面，而其中声势最浩大的当推以勃留索夫为首的象征主义浪潮，由于这一浪潮大大地推动了俄罗斯文学的发展，这一段历史被研究者们称为"白银时代"，与以普希金为代表的"黄金时代"遥相呼应。因此，勃留索夫骄傲地宣称："我们是涌起的浪峰之顶。"然而，新陈代谢的客观规律并不容许勃留索夫们乐观，它冷酷地告诉他们，这种巅峰状态是暂时的，天地宇宙间所有的生命都被赋予了一个死亡的结局。勃留索夫的形象性的语言说明了这一层意思：在顽固的礁石面前，精力旺盛的浪峰经过奋起搏击，将被粉碎为水花飞沫，乃至变成尸布一样的东西。它们所遗留下来的痕迹又被后一个浪潮吞没而消失得无影无踪，而且后来者也仅仅闪耀了一瞬间而已，马上又会遭遇到同样的命运。

　　但是，诗人并没有因此而悲观绝望，他依然保有着战斗者的勇气。他意识到，实际上，宇宙的永恒正是通过这些个体生命的毁灭而得到证实。既然是属于大海的一分子，就没有权利后退，没有权利背离这支浩浩荡荡的队伍。诗的结尾两句所说的有点类似佛家所倡的"涅槃"。死亡在此被揭去了恐怖的面具，暴露在我们面前的是一个充满无限生机的世界。"在永恒天穹的覆盆里，风暴将把我重新扬起！"这是何等高迈的襟怀！对生命的真谛没有独到而深刻的理解，要写出这样的句子来是无法思议的。

（汪剑钊）

严重的时刻

里尔克①

此刻有谁在世上某处哭，
无缘无故在世上哭，
在哭我。

此刻有谁夜间在某处笑，
无缘无故在夜间笑，
在笑我。

此刻有谁在世上某处走，
无缘无故在世上走，
走向我。

此刻有谁在世上某处死，
无缘无故在世上死，
望着我。

（陈敬容　译）

---

① 里尔克（1875—1926），奥地利现代杰出诗人，20 世纪德语国家中最重要的诗人。 1895 年，入布拉格大学攻读哲学，次年迁居慕尼黑，从事文学写作，同时也开始了流浪的生活。 著有《图像集》《新诗集》《杜伊诺哀歌》等。

【赏析】

这首诗只有短短的十二行，但却能引发我们对许多问题的深思。宇宙是广阔无边的，时间是永续不尽的。大地上每一个角落，时间长河中每一分秒，都可能有什么正在诞生或正在消亡，也或许正在行动，正在啼笑歌哭。诗人把自己安放在这样一个时刻，设身处地去体验、去感知那无比的严重。

请想象一下：假若你好端端突然听到这世上正有人在哭，在为你而哭，或在笑，在因你而笑；有人正在朝着你走来但不明白为什么；有人正在死去而双眼直勾勾望着你……在那样一个时刻，在极其短暂的分秒之间，即使仅仅面对着其中的任一种情景，谁能不被异常的严峻所震慑呢！在那一瞬间，你似乎听到了来自大宇宙的神奇的声音，似乎突然领悟了生命的奥秘。

一首仅十二行的短诗，它的包容性却如此巨大！从表面看来，全诗的用词遣字都十分单纯和平易，并没有什么惊人之笔，更没有任何华丽辞藻，但每个词每个字都是何等的准确精当，根本不可能作任何增减或修改。可见真正的名家、大家，都喜好深入浅出，不屑于玩弄笔墨，故作高深。

（陈敬容）

白　云

赫尔曼·海塞[①]

瞧，她们又在，
蔚蓝的天空里飘荡，
仿佛是被遗忘了的，
美妙的歌调一样！

只有在风尘之中，
跋涉过长途的旅程，
懂得漂泊者的甘苦的人，
才能了解她们。

我爱那白色的浮云，
我爱太阳、风和海，
因为她们是无家可归者的，
姊妹和使者。

（钱春绮　译）

【赏析】

白云是司空见惯的自然现象，选用天上飘动的浮云来比喻浪迹天涯的漂泊者，不仅贴切，也易于为人们接受。诗人虽然生在德国，但从 1912 年起，长期侨居瑞士，第一次世界大战爆发后，他同

---

① 赫尔曼·海塞（1877—1962），德国小说家，诗人，于 1946 年获诺贝尔文学奖。他的诗歌音调铿锵，语言朴实，富于民歌色彩，表现出对大自然的崇敬，和朴素事物的爱好。

德国民族主义的冲突日趋尖锐；在希特勒时期，德国当局对他恨之入骨。 在这种情况下，他无法回到德国。 第二次世界大战后，他由于眼疾、年迈，更少离开瑞士。 诗人是一个无家可归的游子，看到天上的浮云，不禁触景生情，思绪万千。

蔚蓝的天空，白云飘拂，这是一幅优美的画面。 白云在广阔的蓝天飘荡，不但给人以美感，而且象征着漂泊者无拘无束，自由自在的生活，这似乎是人生的一大乐事。 但人们又怎能知道他们的遭遇犹如被人遗忘的歌调呢？ 很明显，这里的美妙歌调指的是诗人自己。

只有那些风尘仆仆，经过风餐露宿，长途跋涉的漂泊者，才能理解这些"浮云"的意义。 因为诗人有着同样经历，因此视它们犹如知音。 在这里，浮云被赋予人的性格，它们像人一样有喜怒哀乐的感情，像人一样沦落天涯，四处飘零，饱尝天上人间的一切辛酸。

诗人对大自然无比崇敬和热爱，尤其那浮云、太阳、风儿和大海，因为它们是他这个无家可归者的亲人和使者。 因此在最后一段，诗人情不自禁地吟出了"我爱那白色的浮云，／我爱太阳、风和海"。

海塞成名后，避开大城市的喧嚣，除了旅游之外，大都在平静的乡村居住。 受到周遭环境的感染，他笔下的大自然总是那么恬静，那么清秀，他用细腻隽永的笔调，把真挚动人的深情倾注在纯洁的白云上，并把它们同漂泊者的命运紧紧联结在一起，使它们变得更加可爱，更加可亲。

（刁承俊）

雾

卡尔·桑德堡①

雾来了，
踏着小猫的脚步。

它坐在那儿俯瞰，
海港和城市，
静静地蹲着，
然后向前游动。

（申　奥　译）

【赏析】

　　在桑德堡的诗歌中，芝加哥这座城市的形象是千变万幻的。他从不同的角度捕捉印象，从宏观的气势到微观的情趣，无一不出现在他的笔下。充满激情的讴歌和细腻的景物描绘，在他的诗集中形成鲜明的对照。如果说《芝加哥》是他放声讴歌的代表作，那么，《雾》这首小诗就是他纤巧诗束中的精品。

　　诗人刻意赋予雾以生命，但除了描述它的脚步之外，并未刻画它的具体形象，给人缥缈朦胧的感觉。它似乎和诗人一样，以惊讶的目光注视着芝加哥的一切，终于抑制不住强烈的好奇心，谨慎地趋步向前，仿佛想要轻轻触摸城市中的每一个角落，满足自己的愿望。在传统诗歌中的雾与自然万物是融为一体的，无论诗人笔下的

---

　　① 卡尔·桑德堡（1878—1967），美国中西部诗人的卓越代表。桑德堡先后出版过《芝加哥诗集》《谷壳集》《太阳炙晒的西部石板》《人民、是的》《诗歌总集》等等，并获得过诗歌社奖金和普利策奖金。

雾浸透着怎样的情思，都给人"生于斯，长于斯"的感觉，而这首诗中的雾与背景之间的关系是陌生的，分离的，雾仿佛是外来之物，正进入一个新的天地。这里正透露着时代变迁的深长意味，也是诗人艺术探索的一个见证。

诗人虽然置换了雾的背景，在艺术境界中给予了它新的位置，但并未改变雾的形象特征。和传统诗歌中对雾的描写一样，诗中的雾轻柔、温和，悄悄地来临，轻轻地移动，笼罩着城市的大街小巷，给劳累的人们带来大自然的温馨和神奇。

诗中弥漫着静谧的情调，但这种静谧恰恰是通过动感得到表现的。诗的首句便给描述的对象注入动感，"雾来了"，淡淡一笔，动感油然而生，它的脚步像一只猫那样悄然无声，亦动亦静，以动显静。最后一句中的"游动"进一步显示着动中的静谧，仿佛一切都沉浸在梦中，没有一丝喧闹。

对雾的形象描写也体现着诗人巧妙的匠心。"踏"、"坐"、"蹲"、"游"，栩栩如生地把雾的形象展现于画面之中，由动而静，再由静而动，动静相宜，情趣盎然。

（刘晨锋）

草

卡尔·桑德堡

让奥斯特里茨和滑铁卢尸如山积，
把他们铲进坑，再让我干活——
我是草；我掩盖一切。
让葛梯斯堡尸如山积，
让伊普尔和凡尔登尸如山积，
把他们铲进坑，再让我干活。
两年，十年，于是旅客们问乘务员：
这是什么地方？
我们到了何处？

我是草。
让我干活。

（飞　白　译）

【赏析】

在日常生活中花草总被人们相提并论，但是在桑德堡和惠特曼这样一些诗人心目中，花和草绝非可以类聚的东西：花娇嫩，草却有顽强得可怕的生命力。哪里有土和水，哪里就长着草；花易逝，草却像大地和四季一样长久。草作为一种最普通而又最有生命力的东西，是人民的诗人和这样的诗人所歌颂的人民的象征，是正在蓬勃发展的祖国的象征，也是诗人所怀抱的民主自由理想的象征。

《草》极好地体现了桑德堡既含蓄又明快、既抒情又粗犷的风格，它简短有力，形式严谨，结构十分完整。但是这首诗最耐人寻味之处在于它暗含了一个由一些隐喻构成的隐喻结构——说的是一件事，指的是另一件事。草是最普通的，无论在高山还是平原，也无论在沙漠还是沼泽，草都可以顽强地扎根、蔓延，而千千万万的普通人民不也正是这般顽强地生存着么？草是最有创造力的东西，它不屈服在历史的陈迹和战争的废墟面前，它蔑视一切，它也必须"掩盖一切"——奥斯特里茨、滑铁卢、葛梯斯堡、伊普尔和凡尔登的如山尸堆，才能与未来相连；而发奋向上的美国劳动者不也正是这般忘我地填平过去的沟壑，创造新的工业文明么？正是为了这种创造的精神，"两年，十年"之后，铁路才会把人们带向那一片片未开垦的处女地。最后两行"我是草／让我干活"，掷地有声，绝妙地渲染出劳动大众豪迈而又自信的创造欲和创造力，给人以一种乐观得近乎浪漫的感染力。

（李　力）

春 天

——致一位女士

希梅内斯①

玫瑰放射最细微的芳香，

星星闪烁最纯洁的光芒，

夜莺用最深沉的啼声，

将夜色的美丽尽情地歌唱。

稚嫩的花香使我不爽，

神圣蓝色的闪烁使我前额无光，

夜莺嘹亮的歌声，

使我不幸地哭泣忧伤。

那并非无限的惆怅，

用美妙甜蜜的舌头，

舐着我古老的心房……

请你让玫瑰为我放出馨香，

让星星为我燃起诗的火光，

让夜莺为我快乐地歌唱！

（赵振江 译）

---

① 希梅内斯（1881—1958），西班牙诗人。很早就开始诗歌创作。他的诗歌创作和诗论对西班牙诗歌的发展做出了一定的贡献，对 20 年代的著名诗人，如加西亚·洛尔迦、阿尔维蒂、豪尔赫·纪廉等人都产生了一些影响。

【赏析】

这是一首充满象征意味的爱情诗，是抒情主人公唱给心上人的恋歌——一首求爱的诗，和一支失恋的歌。

诗的第一节是对心上人的称颂。"玫瑰"、"星星"、"夜莺"都是心上人的象征；而"芳香"、"光芒"、"啼声"等优美的事物，在这里也都是用来比喻心上人的好处。第二节中"稚嫩的花香"是暗示那女子对"我"爱得不够深挚；"我"为此颇不快意——"不爽"。"神圣蓝色的闪烁"是形象地暗示女子那光艳逼人的芳姿，和在"我"面前所表现出来的一副高不可攀的神情。"你"生活得如此快乐——"夜莺嘹亮的歌声"，而对"我"却如此高傲而冷漠，令"我"在人前没有脸面——"前额无光"，这样的不幸，怎能不使"我""哭泣忧伤"呢！诗的第三节，是对抒情主人公上述思想和情感所作出的解释。在最后一节里，诗人才和盘托出了写这首诗的最终目的：希望"你"能够爱"我"。像玫瑰放出"馨香"那样，用爱情的烈焰焚烧着"我"。如星星闪烁着晶莹的光芒一般，用"你"的爱情，引发"我"的诗的灵感。如同唱着美妙歌曲的夜莺一般，能够因为对"我"的爱情，而得到快乐。通过对"玫瑰"、"夜莺"、"星星"的描绘，巧妙地赞颂了心上人儿的美丽，并表现了抒情主人公对那姑娘的甚深的喜爱和渴望得到爱情的诚挚热烈的心情。

（洪　治）

幽静的田野

希梅内斯

田野优雅，
云遮雾障；
羊群悠悠，
走出村庄。

万籁俱寂，
梦境凄凉；
茫茫河岸，
渺渺白杨。

踏上古朴小径，
遍地杂草枯藤，
只闻废物气味，
不见路上行踪。

景色沉寂苍茫，
思绪万千惆怅；
灰天枯木，
水滞声亡。

白杨树上，
沉睡的岸旁，

雾中升月，

金黄忧伤。

（赵振江　译）

【赏析】

《幽静的田野》是一首描写景物的抒情诗，篇幅不长，共五节二十行，却从一个侧面反映了希梅内斯诗歌创作的特点。希梅内斯历来提倡"纯粹的诗"，主张诗歌中不应有任何修饰和雕琢的成分，要求摆脱韵律和节奏的束缚，这首抒情诗就是个较好的典型。

《幽静的田野》抒发了诗人的内心感受，其诗句清新、自然、纯朴，恰到好处地表现了乡村的美景，同时反映了诗人哀婉的心境。希梅内斯在《致何塞·路易斯·卡诺的信》中有这样一段话："我认为，在我的诗歌创作中，无论诗歌或散文，我的激情当然是本能地献给所有人的；所有的人，孩子们，城镇和乡村的人们，外国人也会在其中找到他的东西，这对我来说，就是我诗中的精华。毫无疑问，这要归功于我在小镇上出生。又在农村和城市里生活了很长的时间，而且做过相当多的旅行。"可见，诗人之所以能够如此成功地把情和景有机地融化进自己的诗中，是与他熟悉自然景物，善于运用激情分不开的。他的笔下经常出现花园、小路、月光和爱情，格调忧郁、哀伤，连梦境都是凄凉的。这首诗中有枯木、滞水等令人悲伤的景物出现，色彩朦胧模糊，显出诗歌的朦胧美。

正是因为希梅内斯一再强调应通过自然景色来抒发个人的情感，追求绝对的美，所以，他的作品不免有脱离社会生活和回避现实的倾向，《幽静的田野》即是其一。

（黄桂友）

歌

希梅内斯

上面是鸟的歌声，
下面是水的歌声。
从上到下，
打开了我的心灵。

水摇曳着花朵，
鸟摇曳着星星。
从上到下，
颤动着我的心灵。

（赵振江　译）

【赏析】

从 1916 年起，希梅内斯进入创作的第二个时期，他的诗歌摆脱了现代主义的影响，并形成独特的风格，自然纯朴，用词精当，咏景抒怀，浑然一体。《美》就是这个时期的作品，短诗《歌》是其中一首，它基本上体现了这个时期的特点，即不拘泥于韵脚和节奏，大胆追求直接的表达形式，提倡自由体，用诗歌引导人们去追求永恒的美和理想的境界。

（黄桂友）

论 爱

纪伯伦①

于是爱尔美差说：请给我们谈爱。

他举头望着民众，他们一时静默了。他用洪亮的声音说：

当爱向你们召唤的时候，跟随着他，

虽然他的路程是艰险而陡峻。

当他的翅翼围卷你们的时候，屈服于他，

虽然那藏在羽翮中间的剑刃也许会伤毁你们。

当他对你们说话的时候，信从他，

虽然他的声音会把你们的梦魂击碎，如同北风吹荒了林园。

爱虽给你加冠，他也要把你钉在十字架上。

他虽栽培你，他也刈剪你。

他虽升到你的最高处，抚惜你在日中颤动的枝叶，

他也要降到你的根下，摇动你的根柢的一切关节，使之归土。

如同一捆稻粟，他把你束聚起来。

他舂打你使你赤裸。

他筛分你使你脱壳。

他磨碾你直至洁白。

他揉搓你直至柔韧。

然后他送你到他的圣火上去，使你成为上帝圣筵上的圣饼。

---

① 纪伯伦（1883—1931），黎巴嫩裔美籍诗人、哲学家和艺术家，阿拉伯现代文学的奠基人之一。著有诗集《沙与沫》《先知》《先知园》等，这些作品反响巨大，使阿拉伯文学获得了世界性影响。

这些都是爱要给你们做的事情，使你知道自己心中的秘密，

在这知识中你便成了"生命"心中的一屑。

假如你在你的疑惧中，只寻求爱的和平与逸乐，

那不如掩盖你的裸露，而躲过爱的筛打，

而走入那没有季候的世界，在那里你将欢笑，

却不是尽量的笑悦，你将哭泣，却没有流干眼泪。

爱除自身外无施与，除自身外无接受。

爱不占有，也不被占有。

因为爱在爱中满足了。

当你爱的时候，你不要说"上帝在我的心中"，

却要说"我在上帝的心里"。

不要想你能导引爱的路程，

因为若是他觉得你配，他就导引你。

爱没有别的愿望，只要成全自己。

但若是你爱，而且需求愿望，就让以下的做你的愿望吧：

溶化了你自己，像溪流般对清夜吟唱着歌曲。

要知道过度温存的痛苦。

让你对于爱的了解毁伤了你自己；

而且甘愿地喜乐地流血。

清晨醒起，以喜飏的心来致谢这爱的又一日；

日中静息，默念爱的浓欢；

晚潮退时，感谢地回家；

　　然后在睡时祈祷，因为有被爱者在你的心中，有赞美之歌在你的唇上。

（冰　心　译）

【赏析】

本诗选自《先知》。

为了使"爱"具有鲜明的形象，使读者（"民众"）的思绪有所依附，而利于对诗句的理解，在诗中，诗人是将"爱"作为"爱神"（Kāmadeva）的同义语，加以利用的。因为"爱神"在人们的常识中不仅有会飞的翅膀，还有分别用五种花制成的五支箭；那箭射中了谁，谁便会发生爱情；又由于"爱神"曾被"湿婆"大神的神火烧为灰烬，从此"爱神"只被允许活在人们心里，被称为"无形"，因而，将"爱"作为"爱神"的同义语加以利用，就给本诗的创作带来了许多便利。

在第一节里，诗人通过一系列生动形象辩证地论述了"爱虽给你加冠，他也要把你钉在十字架上。他虽栽培你，他也刈剪你"的道理。这两句话是这一节诗的核心，其他内容都可以看作是这两句的注解与生发。

"加冠"与"栽培你"，是说"爱"的伟力，有时候会使你觉得荣显和幸福；而"钉在十字架上"和"刈剪你"，则是比喻"爱"有时候也会使你承受苦难。"升到你的最高处"和"降到你的根下"两句，则以生动的比喻，发挥了前面意蕴——"爱"虽然会抚慰你，使你得到升华；却也可以毁损你，令你死灭。

在这节诗的最后，诗人把"你"比作"一捆稻粟"，连续运用几个排比句，以"春打""筛分""磨碾""揉搓"等几个动词，来形容被"爱"者所必然要领受的几番磨难，同时又用"赤裸""脱壳""洁白""柔韧"等几个形容词，道出了被爱者在经受了"爱的洗礼"之后，所达到的"心灵的净化"和"人性的完善"。这样，你就可以"成为上帝圣筵上的圣饼"，使有幸得到你的人获得快乐与幸福。

第二节的中心是"爱除自身外无施与，除自身外无接受。爱不占有，也不被占有"；前后其余的内容，也都是从这两句生发而来的。

诗人委婉地责备了那种爱情上的胆小鬼。他们对"爱神"心存"疑惧"，因而只希望得到"爱的和平与逸乐"。他们的爱是缺少真诚的——因为他们"掩盖"了自身的缺陷；他们的爱也不能经受考验——他们总是"躲过爱的筛打"。这样，当然享受不到真正的爱的欢愉和痛苦。

诗人又进一步讲明了一个人在爱情中所应处的位置：永远使自己处于一种爱的温馨之中，永远感受到爱的快乐，永远听命于爱的指引。

诗的最后借用"溪流"对"清夜"的"吟唱"来说明：爱，是将自己最好的献出。并指出"爱"也要掌握分寸，要爱得适度。最后，诗作又以一个人在"清晨""日中""晚潮"和"睡时"所分别应持的心理状态，全面地说明了无论"你"是"爱者"，还是"被爱者"，只要与"爱"同在，将都是幸福的。

以生动的形象表现深奥的哲理，语言活泼自然、深入浅出，是这篇诗作的一个显著特色。

（江　边）

刘 彻

庞 德①

绸裙的窸瑟再不复闻，

灰尘飘落在宫院里，

听不到脚步声，乱叶，

飞旋着，静静地堆积，

她，我心中的欢乐，睡在下面。

一片潮湿的树叶粘在门槛上。

（1915 年）

（赵毅衡　译）

【赏析】

这首诗是庞德根据别人的译文改写的。 原作者是汉武帝刘彻，其实也是伪托的。 原来的标题是《落叶哀蝉曲》，诗中所怀念的女子是李夫人。 英国翻译家阿瑟·韦利把自己对此诗的英译题名为《李夫人》，显然比叫《刘彻》恰当得多。

据彼得·布洛克查证，庞德所依据的是英国汉学家 H. A. 翟理斯的译文，翟译、韦译都只有六行，正合原诗的六句： "罗袂兮无声，玉墀兮尘生。 虚房冷而寂寞，落叶依于重扃。 望彼美女兮安得，感余心之未宁。"庞德的诗多出最后一句，我国有位译者说： "庞德显然突破了翻译诗的界限，干脆自己新写了一个结尾。 他先把去世的美人写成是长埋在落叶之下，最后又突出地把她比为一片

---

① 庞德(1885—1972)，美国诗人、批评家。 有《神州集》《休·赛尔温·莫伯利》和《诗章》等，对英美现代派诗歌的发展有一定的影响。

贴在门槛上的湿叶子，使诗更为生色了。"这也算是一种看法，抄录在此，供读者参考。 若是让翻译家来评断，这最后一句既是误译（"落叶"应是多数，"重扃"显然也不是"门槛"），又是衍文（与前面重复了）。

不过，庞德介绍中国诗歌功不可没，艾略特便说他是"为当代发明了中国诗的人"。 我们知道一些东方诗歌影响西方现代诗的情况也是必要的。

（李文俊）

花　园（节选）

杜立特尔①

风啊！
撕开这闷热，
切开这闷热吧，
把它撕开两边。

连果子都落不下来——
穿不透这稠密的空气。
果子无法落进闷热，
闷热托着它们，
顶钝了梨尖，
磨圆了葡萄。

切开这闷热，
从中犁过去，
把它从你的路上，
翻向两边。

（飞　白　译）

---

① 杜立特尔（1886—1961），美国女诗人，1911 年，杜立特尔到伦敦旅行，在那里再次遇到庞德，并在他的影响下加入伦敦的意象派诗歌运动，开始了自己的诗歌创作，后来她成为最典型的意象派诗人之一。 她的作品主要有诗集《海上花园》三部曲长诗《不倒的墙》《向天使致敬》《枝条上的花朵》等。

【赏析】

这是题为《花园》的诗中的第二段，后来常单独成篇。这首诗很有趣，堪称一件珍奇小品。诗的中心意象是"闷热"，但"闷热"本来无形无象，只是一种感觉；诗人的功力就在于她把这种感觉意象化了，变成了看得见摸得着的鲜明意象。意象派的诗歌主张是具体、客观、对象化，要求直接处理事物，创造出能直接传达给读者的意象。这首小诗就是一个典型例子。

一声对风的呼唤，把读者带进了闷热迫人的情境之中，感到闷得透不过气来。恨不得借好风之力，一把撕开这闷热，透一口清凉的空气，就像超现实主义画家达利画的《撕开海的皮》那样。

然而闷热并没有撕开，仍然是黏稠一片。诗的第二节就集中描写这个"稠"字。为了突出闷热的"稠"度，诗人生发出"连果子都落不下来"的奇想，这奇想虽不合理，却完全符合人们的感觉。再进一步的引申，就是闷热"顶托"着果子，黏稠的胶质凝成了固态，从而造成"顶钝"梨尖、"磨圆"葡萄的后果。

诗人重新回到"切开闷热"的主题，但现在这闷热已不再是一层韧性的皮或黏稠的胶，它已经凝固而撕不开了，只好借助犁头，把这板结的闷热犁开，把它像土块一样翻向两边。

除了高寒地带的居民，谁没有体验过闷热难耐的滋味呢？杜立特尔以直觉主义方式为闷热难耐的感觉描绘的这幅意象画，应当能博得大家会心的赞许。

（飞　白）

爱　情

阿赫玛托娃①

时而像一条卷曲的青蛇，

在深邃的心底兴妖作怪；

时而像一只调皮的白鸽，

整日在窗台上咕咕叫唤。

它在晶莹的霜花中闪烁，

它带来紫罗兰般的梦幻，

每逢欢乐和静谧的时刻，

它准会悄儿没声地赶来。

听着小提琴哀怨的祈祷，

它嚎啕痛哭，却十分甘甜；

透过那暂时陌生的微笑，

会莫名其妙地将它看见。

（宁　思　译）

---

①　阿赫玛托娃（1889—1966），俄罗斯女诗人。生于知识分子家庭，毕业于彼得堡女子大学。她以爱情诗闻名，有"俄罗斯的萨福"之称。20世纪40年代曾被斥为"颓废""色情"诗人，50年代中期恢复名誉。晚年以深沉的哲理抒情诗反思时代和个人命运。

【赏析】

批评家班尼科夫谈到阿赫玛托娃的爱情诗时说："在阿赫玛托娃诗歌的抒情主人公身上，在女诗人的内心里，永远是对真正高尚的爱情的炽烈而迫切的渴望。"阿赫玛托娃最擅长的是以爱情为主题的诗歌。她的作品感情真挚，语言简练，形象鲜明，颇类似于古希腊著名女诗人萨福的爱情诗，故被称为"俄罗斯的萨福"。

阿赫玛托娃早期的诗歌创作与阿克梅派的创作特色紧密联系。她主张抒写人的具体隐秘的内心活动、情感冲突，主张对细节精心描绘，要求雕塑式的艺术形象和预言式的诗歌语言，追求诗歌形式的完美和诗句的简洁、凝练、节奏匀称。这首题为《爱情》的小诗，就很有代表性。它采用了几组新颖鲜活的意象，用比喻手法充分表现出爱情的两面性，痛苦时爱情会像窜入内心的青蛇"兴妖作怪"，简直令人恐惧难忍；甜蜜时她又像明媚的阳光下的"咕咕叫唤的白鸽"；她的浪漫犹如"晶莹霜花"的闪烁；她的神秘似"紫罗兰般的梦幻"……真是酸甜苦辣，五味俱全。这其中溶解着女诗人自身的爱情经历，她一生向往爱情，追求完美，实际上却历尽坎坷，饱尝忧患。她曾在《要我听命于你?》这首诗中愤慨地说："对我来说，丈夫是刽子手，夫家是牢狱。"这首诗也可视作女诗人情感凝聚的结晶。

（许自强）

最后一次相见

阿赫玛托娃

心变得那么冰凉，
脚步却迈得匆忙。
我竟把左手的手套，
套在了右手上。

我只记得迈了三步，
实际上跨下了许多梯级！
秋在枫树间悄声低语：
"跟我一起死去！"

"我被自己的命运欺骗，
它沮丧、乖戾、多变！"
我回答说："亲爱的，亲爱的！
我亦如此。让我们一起归天……"

这是最后一次相见。
我睇睨你那晦暗的楼房，
只见卧室的烛影，
闪烁着冷漠的黄光。

（1911 年）

（王守仁 译）

【赏析】

全诗仅十六行，却写出了一个女子毅然逃离负心人时的激动、矛盾和迷惘的心境，而且这种心境又是通过对主人公的动作的描写表现出来的：她是如此匆忙下楼，"竟把左手的手套／套在了右手上"；她跨下的梯级虽然很多，但却"只记得迈了三步"……至于以拟人手法写出的"秋"如何对她同情，主人公如何睥睨"闪烁着冷漠黄光"的卧室窗户，则更是栩栩如生，跃然纸上。

此诗的基调沉郁哀婉。"秋在枫树间悄声低语：'跟我一起死去！'……"这里的视觉意象不仅使读者看到了枫叶泛黄、枯萎、飘零的凋败景象，而且还会使其情不自禁地产生一连串承上启下，由外界到内心的联想：从枫叶一片红时的初秋美景到即将来临的严酷寒冬，从炽烈的爱到激情火花的熄灭……这时，人与自然同病相怜，各自在对方找到了心灵的慰藉和归宿，人与自然融合一起。这首诗是阿赫玛托娃早期的代表作，也是她当时作为阿克梅派诗人崇尚"返回大自然"的具体表现。

"卧室的烛影"、"冷漠的黄光"，这不仅是爱情"终点"的标志，同时也是孤独、空虚和情感死亡的象征。这是抒情主人公的内心独白，又似乎是潜在的对话，读者尽可驰骋想象，根据自己的生活经验去充分地联想。

这是一首哀歌，它还体现出阿赫玛托娃早期爱情诗的特点：有情节，但无故事的开头和结尾。诗人注重的是表现感情色彩，让读者从诗中集中听到抒情主人公最紧张、最激烈的内心冲突，待到掩卷沉思时，再去推测事情的起因、发展经过和结局。这首诗的艺术魅力似乎正在于此。

（王守仁）

柔 情

勒韦尔迪①

我的心儿只靠它的双翼搏动，

我不比我的囹圄更加遥远，

我消失在天际的朋友啊！

我所关注的只是你们隐匿的生活。

时间在苍穹的折褶下滚过，

所有的回忆悄然无声地消逝。

只有向飞往你们的风儿致意，

它将轻拂你们的脸庞；

只有对夜晚的絮语关上门扉，

在窒息天空的夜幕下入睡；

不思离去，

我们永不重会。

幽闭在镜中的朋友，

悄悄滑过的我的爱情的影像。

映在眼中的太阳的鬼脸，

消失在更亮的云彩的衬里后面。

我的命运掺和着恐惧与虚幻，

我的愿望大都落空。

---

① 勒韦尔迪（1889—1960），法国诗人，被超现实主义作家们视为先驱者之一。 出身于石匠家庭。 1926 年皈依天主教，到索莱姆修道院附近隐居，诗作转向对人生与世界的哲理思考。 他的作品主要有《散文诗集》《屋顶上的石板瓦》《废铁》《大部分光阴》和《人工》等。

我在早晨的希望中忘却的一切，

我托付给我谨慎的双手。

刚刚筑起又粉碎的梦想，

是没有开始的计划的美丽废墟。

在送我们进入冥国的现时之利剑下，

对着黑坡昂首。

被大海大地的气味陶醉，

受着强劲的风儿的吹拂，

它在每一条转折线才止步。

我不再有足够的阳光，

足够的皮足够的血，

死神搔着我的前额。

那同一种物质，

黄昏时分在我的勇气前变沉，

但是在海市蜃楼的火焰中我却更加清醒。

（1937 年）

（刘自强　译）

【赏析】

这首诗是作者隐居之后的作品，它的特点是以形象和感觉来表达作者的怀旧之情以及对命运的思索。

诗一开始就以飞鸟或天使的双翼来比喻作者的深切思念，诗人的朋友们远在天际，他欲展翅飞去，这表现出他与留在巴黎的朋友们的精神联系。接着，诗人感叹时间的流逝，寄语清风转达对远方友人的情谊。超现实主义倾向的诗人往往把镜子比作反映现实的梦幻，这首诗也把"幽闭在镜中的朋友"称为"我的爱情的影像"。

诗的下半部转向对人的命运的思索，作者感叹命途多舛，希望落空，"刚刚筑起又粉碎的梦想，／是没有开始的计划的美丽废墟"，"死神搔着我的前额"，尽管如此，诗人依然保持清醒镇定，这就是他对待人生的态度。

孤独，隐居和专注的思考不排斥诗人一腔的柔情。 诗歌正是诞生于这场"对绝对境界的追求"和"情感的吐露"之间的斗争，在诗人看来，诗歌创作就是一种"英雄行为"，它可以面对威胁着人的世界的压力，战胜失望的情绪。

（刘自强）

二　月

帕斯捷尔纳克①

二月，拿出墨水来伴我哭泣！
当隆隆轰响的泥泞，
燃烧出一个黑蒙蒙的春天，
我痛哭流涕把二月抒写。

雇一辆四轮马车，花上六十戈比，
听教堂钟鸣，听车轮辚辚，
匆匆赶到那豪雨喧腾，
盖没了墨水和泪水之地。

那儿，成千上万只白嘴鸦，
像烧焦了的梨子，
从树上坠落水洼，
枯燥乏味的伤感沉入眼底。

愁闷笼罩之下，化雪的土地泛着黑色，
风被内心的呼声搅乱，
那抽泣哽咽织成的诗章，
越是偶然，就越是真实。

（肇明　理然　译）

---

① 帕斯捷尔纳克（1890—1960），20世纪苏联诗歌史上最杰出的诗人之一。
20世纪30年代以前著有诗集《云雾中的双子星座》《在街垒上》《生活，我的姐
妹》《1905》和《施密特中尉》，散文作品《旅行符照》《柳威尔斯的童年》等。

【赏析】

《二月》是帕氏早期诗歌的代表作。其意象的营造和构成颇具未来主义猛地令人震惊和战栗的意旨。诗人早年的起步就已经包含他而后一系列发展的诸多艺术种子或胚芽。这种子和胚芽，是包括诗人对自身在历史中，在社会中，在无限膨胀或无限收缩的宇宙中的地位的确认。他对历史时空的独特理解，是诗篇中不知疲倦地反复出现的主题。帕氏在后来颇昂扬地喊出"诗人是宇宙创造精神的旗手"。他常常从我们这个世纪的"反题"出发，有意识地抑制自己的英雄主义腔调，做一名历史见证人的兴趣大于直接介入社会斗争的兴趣，做一名思想家和哲人的志向强过仅仅做一名纯艺术诗人乃至鄙薄作仆从式的诗人，循规蹈矩的诗人；他对复合情感的运用与复调主题的运用，双管齐下；他与自己世纪顽强不倦地进行争辩；俄罗斯民族文化广袤无边又春深如海的人道主义传统，最终在帕氏手里上升为悲天悯人，将流动的人类历史的过去、现在、未来统统囊括为一个静态的时空实体加以考察。诗人在自己的诗篇中隐隐以宣讲真理的耶稣自居，诗篇即启示录、传道书，如此等，也都能或明或暗，或潜或显地在这最初的诗篇中找到蛛丝马迹般的墨痕。

这里我们只谈三点。（1）题旨，诗篇最后两句已点明了偶然性与真实的关系：偶然性是真实性的前提条件、必要条件，诗人强调必然性存在于大量的偶然性之中，唯有偶然性才是开辟真实的道路。这似乎只是谈诗艺诗学中的一个问题。其实不然，诗人同时在指涉历史，指涉万事万物，是内与外，诗和历史的双重复合。复合题旨成就了一箭双雕的艺术功能。（2）就意象的营造而言，二月当然是指春天，但诗人笔下的春天，哪里有古典诗歌和浪漫主义诗歌中习见的花红柳绿、鸟语花香的景象。诗人一扫这种陈腔滥调，固然契合了俄罗斯北国大地自然季候的事实，不过，"一切景语即情语"，诗人显然是在写内心感受到了的"山雨欲来风满楼"式的时代低气压。 诗人的时代敏感令人震惊，诗人的艺术创新精神同时令人敬佩。 试问，在春天要拿出墨水来哭泣，可不是"伤春又伤别"。 诗人是在忧虑春天到来之前和到来之后不得不付出的沉重代价，伤感情绪在严峻的时代面前，不仅陈腐不堪，甚至枯燥乏味，无聊之极。 所以，诗人宁愿用"白嘴鸦"——"烧焦了的梨子"的隐喻，来提醒读者，切莫一股脑儿沉浸在春之喜悦之中，弄潮儿未必都是雄鹰和海燕，别忘了这嗜血的鸦族，它们也是历史事件的符码，时代的过客。 由此，我们可以说，春天"隆隆轰响的泥泞"道路，"豪雨喧腾盖没了墨水和泪水之地"，远比那些喜气洋洋却傻态可掬的盲目乐观的诗篇要深邃得多，更符合历史真实性。

（3）自觉的创新精神（对浪漫主义诗歌传统的叛逆，有意压低英雄主义腔调），同时与一种可以称之为非常规的逆向艺术思维相辅相成的。 逆向，即意味着倒过来，把着眼点放在每每被常人容易忽略的地方，注意那些被一种倾向掩盖下的另一种视而不见、听而不闻的倾向。 帕氏在尔后不算漫长的创作生涯中，不屈服地与自己所处的时代进行争辩，这篇只有十六行的小诗，却是一个相当坚实的起点！

（楼肇明）

致一百年以后的你

茨维塔耶娃①

作为一个命定长逝的人，
我从九泉之下亲笔，
写给在我谢世一百年以后，
降临到人世间的你——

朋友！不要把我寻觅！物换星移！
即便年长者也都早已把我忘记。
我够不着亲吻！隔着忘川，
把我的双手伸过去。

我望着你那宛若两团篝火的明眸，
它们照耀着我的坟茔——那座地狱，
注视着手臂不能动弹的伊人——
她一百年前已经死去。

我手里握着我的诗作——
几乎变成了一杯尘埃！我看到你，
风尘仆仆，寻觅我诞生的寓所——

---

① 茨维塔耶娃（1892—1941），俄罗斯女诗人。 十七岁出版第一本诗集。1922—1939 年间旅居柏林、布拉格和巴黎，1939 年回国，1941 年自杀。 除诗作外，尚著有戏剧、散文和评论。 诗作具有较高艺术性，对苏联当代诗人有很大影响。

或许我逝世的府邸。

你鄙夷地望着迎面而来的欢笑的女子，
我感到荣幸，同时谛听着你的话语：
"一群招摇撞骗的女子！你们全是死人！
活着的唯有她自己！"

"我曾经心甘情愿地为她效劳！一切秘密，
我全了解，还有她珍藏的戒指珠光宝气！
这帮子掠夺死者的女人！——这些指环，
全都是窃自她那里！"

啊，我那成百枚戒指！我真心疼，
我还头一次这样地感到惋惜，——
那么多戒指让我随随便便赠给了人，
只因为不曾遇到你！

我还感到悲哀的是，直到今天黄昏——
我久久地追随西沉的太阳的踪迹，——
经历了整整的一百年啊，
我才最终迎来了你！

我敢打赌，你准会出言不逊——
冲着我那帮伙伴们的阴森的墓地：
"你们都说得动听！可谁也不曾，
送她一件粉色罗衣！"

"有谁比她更无私?!"——
不,我可私心很重!
既然不会杀我,——隐讳大可不必——
我曾经向所有的人乞求书信——
好在夜晚相亲相昵!

说不说呢?——我说!
天生本是一种假定。
如今在客人当中你对我最多情多意,
我拒绝了所有情人中的天姿国色——
只为伊人那骸骨些许。

(1919 年 8 月)

(苏 杭 译)

【赏析】

这是一首极富浪漫色彩的预言诗,一支执著地追求艺术最高境界的理想之歌。

诗人以大胆的想象虚构出一个美好的未来世界。 在这个世界里,诗坛所有那些令人鄙夷的"招摇撞骗"者虽生犹死,唯有诗人自己则虽死犹生——她的存在价值终于为后人承认、赞誉了。 诗人坚信这一理想世界终会实现,并把它拟化为一个人——"在我谢世一百年以后,降临人间的你",她渴望它,把它视为自己的艺术知音、热恋中的情人,因为"你"是"我久久地追随西沉的太阳的踪迹,经历了整整的一百年啊,——我才最终迎来了你"的,因此,全诗都充满了诗人对自己的知音、恋人倾诉的衷曲,以寄托自己的情思。 诗人以对话形式对她的知音说:"我望着你那宛若两团篝火的明眸,它们照耀着我的坟茔——那座地狱"。 "风尘仆仆,寻觅我诞生的寓所——或许我逝世的府邸"。 可见诗中的"你",是位有很高艺术鉴赏力的人,并为研究传播诗人的诗而奔走呼号,捍卫诗人的无私品格,慷慨奉献出自己的心血诗作。 诗中所写"成百枚戒指"是"成百篇诗作"的物化,把抽象的精神财富化作具体感知的珍宝——戒指,更显形象鲜亮。 同样,诗人的"乞求书信"也是她企望读者了解这一心态的物化。 诗人深知这位等了一百年才迎来的知音"将会多么爱我":"你对我最多情多意,我拒绝了所有情人中的天姿国色——只为伊人那骸骨些许"。 这正是诗人在诗歌艺术的创作实践中所得到的报偿,是付出真诚无私劳动的结果,从而点明了主题。

这首诗构思奇特,异想天开,含意明朗透彻,格调坦率而自信,读后仍使读者难忘年轻的女诗人那执著追求的精神和大方明快的笑容。

（尹厚梅）

像这样细细地听

茨维塔耶娃

像这样细细地听，如河口，
凝神倾听自己的源头。
像这样深深地嗅，
嗅一朵小花，直到知觉化为乌有。

像这样，在蔚蓝的空气里，
溶进了无底的渴望。
像这样，在床单的蔚蓝里，
孩子遥望记忆的远方。

像这样，莲花般的少年，
默默体验血的温泉。
……就像这样，与爱情相恋，
就像这样，落入深渊。

（飞 白 译）

【赏析】

在中国古典诗歌中，对偶是一个突出的艺术特点。 八世纪从日本前来中国的弘法大师（遍照金刚），在所著《文镜秘府论》中就列举了二十九种对偶名称，而在这众多的对偶形式中，隔句对（或称扇对）则是其中别具风姿的一种。 在中国古典律诗中，往往是颔联、颈联的出句与出句的相对，落句与落句相对，即单数句与单数句相对，偶数句与偶数句相对，总之，在两两对仗的中间隔了一句。

茨维达耶娃的这首《像这样细细地听》一诗修辞以及格律与我国古典诗歌中的隔句对颇有相似之处。该诗每一单数句押韵，即每一诗节的一、三行押韵，同时在句首重复"像这样"一词，引导出一连串的意象，爆发出一连串的联想，并以一连串的比喻来揭示生活的本质。当然，除了这种表达诗的内容需要以外，这种形式还在于从整齐中求错综，从规矩中求变化，避免千篇一律和单调板滞的感觉，获得流动之美的美学效果。

苏联诗人吉皮乌斯在《干杯》一诗中表现了要以奔放的豪情把人生的烈酒喝到最后一滴的思想，茨维塔耶娃的这首诗中，也同样有着深深地探索和体验人生的思想。开头一节，就调动了听觉和嗅觉，来倾听生活，感受生活，细细地听，听得直到发现自己的"源头"，深深地嗅，嗅到直到失去自己的感觉。接下去的"像这样"表现了人们对将来的渴望和对过去的追忆，诗人以空气的无边无际，来表现渴望的无限无底。最后一个诗节，女诗人笔锋转到了体验生活的一个重要内容：爱情。如同英国诗人劳伦斯一样，她在此表现性爱是"血的温泉"。人们"像这样"感觉"血的温泉"，享受着坠入爱情深渊的欢乐。

生活的水流就这样永不停息，爱情的欢乐就这样永无止境，艺术的魅力就这样永不衰竭。

（吴德艺）

芦 苇

杜维姆①

香薄荷在水面飘香，
芦苇轻轻摇晃，
玫瑰色染红了东方，池水微波荡漾，
清风吹拂在芦苇和薄荷丛上。

那时我不知这些野花、野草，
多少年后会进入我的诗行，
我会呼唤它们的名字，从这遥远的地方，
却不能置身花丛，到那清澈的池塘。

我怎知为了再现那个充满生机的世界，
竟会这般冥思苦想，搜索枯肠，
我怎知就那么一次跪在池旁，
竟会这么长年痛苦，久久难忘。

我只知芦苇芯里，
有种弹性纤维，又长又细，
可拿它织一张网，又轻又密，
但用那网捞捕什么，却是枉费心机。

---

① 杜维姆（1894—1953），波兰著名的现代派诗人。 代表作有著名长诗
《波兰的花朵》和政治讽刺长诗《歌剧中的舞会》等。

我那少年时代的仁慈的上帝，

我那晴朗的清晨的神圣的上帝！

难道说今生今世我再也闻不到，

飘散在清水池上的薄荷的清冽香气？

难道说一切都永远留在了远方？

难道说我只能在绝望中觅句寻章？

难道说我再也见不到一簇芦苇？

见不到芦苇那普普通通的形象？

（1926 年）

（易丽君　译）

【赏析】

《芦苇》是杜维姆抒情诗中的上乘之作，1926 年写于华沙。 杜维姆的抒情诗一般说可分为两类，一类是引吭高歌，直抒胸臆；一类是托物寄情，含蓄蕴藉，讲究"味外之旨"，"弦外之音"。 前者大多通过明喻表达，后者则通过隐喻和暗示实现。 《芦苇》属于后者，它的精巧之处恰是"意在言外"。 它不是响彻云天的壮歌，不是大海的狂涛，而是一只歌颂宁静、柔美、和谐的大自然美的晨曲，像芦笛一样清越悠扬，能引起读者的无穷回味。

诗的开篇展现的是一派春意盎然的自然景色，一泓清水，微波荡漾，绿油油的芦苇，迎风摇曳，薄荷散发出阵阵清香。 它像一幅淡雅清幽的彩色画，给人一种脱尽尘埃的清澈秀逸的意境。 诗的耐人寻味不仅在于用优美的语言勾勒明晰的线条，描绘迷人的景物，还在于表现出情调色彩，使读者由视觉的感受，渐渐进入思想感情的感受。 一个天真纯朴的少年，身披一抹玫瑰色的朝霞，跪在池边，面对那个充满生机的世界，心中涌起多少热望！诗人以少年的兴致，少年的情趣，少年的遐想，编织着美妙的像梦一般的图景。然而随着入世渐深，社会的污浊，使过去眼前那个幻影似的美的世界破灭了，这才招致"长年痛苦，久久难忘"，诗中出现了悲伤的调子，孤寂的哀愁。诗人虽想用芦荟的又长又细的富有弹性的纤维，织一张又轻又密的网，去"捞捕"昔日的理想，昔日的欢欣，然而，"却是枉费心机"。那美好的一切"永远留在了远方"，"今生今世我再也闻不到，飘散在清水池上的薄荷的清冽香气。"这诗句的弦外之音正是诅咒社会的黑暗，诉说命运的多乖，岁月的艰难和生命的凄苦。《芦荟》既抒发了对生机、生命、青春、理想的赞美，也感叹美梦的破灭，是对人生、希望和幸福唱的一曲挽歌。

《芦荟》的魅力在于它能引起人们的联想，有余味，耐咀嚼，这与诗的感情内涵的深远和表现手法的新颖分不开。

（易丽君）

农舍即景

叶赛宁①

酥脆的烘饼散发出一股股清香，
盛放克瓦斯的发面盆放在门旁，
在那尖顶的小炉子的上边，
爬着几只钻进屋顶缝隙的蟑螂。

炉盖上缭绕着袅袅的油烟，
成条的灰烬堆积在炉膛，
在长板上那个盐罐背后，
有堆新打的鸡蛋壳存放。

母亲已经捏不动炉叉了，
她低低地弯起腰来，
老公猫悄悄地走近陶罐，
去偷喝热气腾腾的牛奶。

不安的母鸡咯咯叫着，
站在木犁的辕木上头；
公鸡在院子里引吭高歌，
像给和谐的弥撒声伴奏。

---

① 叶赛宁（1895—1925），俄罗斯田园派诗人。十六岁开始写诗。叶赛宁一生创作了四百多首抒情诗，代表作品有《白桦》《莫斯科酒馆之音》《安娜·斯涅金娜》等。1925 年 12 月，叶赛宁自缢身亡。

在那屋檐下的穿堂里面，

窗下挤着几只乱毛小狗，

听到一阵扰人的喧声后，

就从屋角钻进车轱里头。

（顾蕴璞　译）

【赏析】

　　叶赛宁以写实的妙笔，为读者描绘出了富于诗意与意境美的农舍景象，感情真挚而朴素。散发清香的烘饼、门旁的面盆、屋顶的蟑螂、炉盖上的油烟、长板上的盐罐以及一堆新打的鸡蛋壳，无须修饰，作者就细腻地勾勒出农舍的图画。读着诗的第一、二节，似在欣赏一幅静物画，那简朴的农家用具、很少雕琢的农舍以及从窗口射入的柔和的自然光线，一切都那么自然、朴实，乡土气息浓郁，从这幅画中我们感受到了农民朴素的生活及他们朴实憨厚的性格；诗的第三节始，是动态的描写，偷喝牛奶的老公猫、咯咯叫着的老母鸡、引吭高歌的大公鸡、钻进车轱里的乱毛小狗，这嘈杂的声音混成一片，使读者感到犹如身处农家庭院当中，体验到了农家的情趣，陶醉于田园温馥的气氛当中了。作者始终导引着读者的视线，但当第三节中母亲的形象出现后，我们似无须作者的牵引了。我们走出农舍，来到杂乱地堆放着农具、家禽四窜的庭院，东方是灿烂的红日，周围自然的声音包容了我们；举目远望，四周是郁郁葱葱的庄稼，绿——这象征生命的颜色，融化了我们！这里远离吵闹的城市，宛如世外桃源！从这里我们会理解，作者早期为何惧怕城市、工业的发展，担心"铁马"、公路和电线杆对农村的"侵犯"和对大自然风景的"扼杀"。

（佚　名）

给母亲的信

叶赛宁

你平安吧，我的老母亲？
我也挺好。我祝你安康！
愿你小屋的上空常常漾起，
那无法描绘的薄暮的光亮。

来信常说你痛苦不安，
深深地为着我忧伤，
你穿着破旧的短袄，
常到大路上翘首远望。

每当那苍茫的黄昏来临，
你眼前总浮现一种景象：
仿佛有人在酒馆斗殴中，
把芬兰刀捅进我的心房。

不会的，我的亲娘！放心吧！
这只是揪心的幻梦一场。
我还不是那样的醉鬼，
不见你一面就丧命身亡。

我依旧是那样的温柔，
心里只怀着一个愿望：

尽快地甩开那恼人的惆怅，
回到我们那所低矮的小房。

我会回来的，当春回大地，
我们白色的花园枝叶绽放，
只是你不要像八年前那样，
在黎明时分就唤醒我起床。

不要唤醒我那旧日的美梦，
不要为我未遂的宏愿沮丧，
因为我平生已经领略过，
那过早的疲惫和创伤。

不用教我祈祷。不必了！
重温旧梦已没有希望。
唯有你是我的救星和慰藉，
唯有你是我无法描绘的光亮。

你就忘掉痛苦不安吧，
不要为我深深地忧伤，
切莫穿着破旧的短袄，
常到大路上翘首远望。

（顾蕴璞　译）

【赏析】

诗人母亲的形象时时出现在叶赛宁的作品中。《给母亲的信》一诗就是塑造母亲形象的一部佳作。

在刻画母亲这个形象时，叶赛宁不仅"让它具有许多鲜明的个性特点外，还使它成为俄罗斯妇女的一个概括形象，还在诗人的早期诗作中这个形象就带着强烈的神话色彩出现，它不仅给予他整个世界，还使他拥有歌唱才能。"

叶赛宁笔下的母亲形象总是一个具体的、有着朴素感情、善良的心和充满着永恒的慈爱的、从事日常家务的农妇的形象。

"叶赛宁还在十二岁的时候，就以惊人的洞察力在短诗《罗斯》中描写了母亲的那种悲哀的期待——'白发苍苍的母亲们的期待。'在这里叶赛宁完全可以和'歌唱不幸母亲们的眼泪'的涅克拉索夫并列而无愧。"

"忠实、真诚、亲切、感情的持久、不知疲倦的忍耐、望眼欲穿的期待——这一切的美质都被叶赛宁概括在母亲这个形象身上并且加以诗意化。"

在《给母亲的信》这首诗中诗人以饱含深沉情感的笔抒发了离乡游子的一腔乡情，那对童年的回忆引起了读者的共鸣；回忆那家乡的"薄暮""黄昏""小房""花园""黎明"，回想那"旧日的美梦"，缠绵不断的怀旧之情浑然一体，烘托了对母亲的深深的思念；母亲的"小屋""破旧的短袄"，母亲盼儿"翘首远望"、母亲的"幻梦一场"。 这首诗中的母子之情表现得富有强烈的艺术感染力：

> 唯有你是我的救星和慰藉，
>
> 唯有你是我无法描绘的光亮。

母爱是伟大的，是永恒的！

（吕继军）

星星和枯草

壶井繁治①

星星和枯草在叙谈，

夜深人静，

只有我身边刮着风。

我总感到有些寂寞，

也想跟他们叙叙衷情。

星星却从天上掉了下来，

我在枯草中寻觅，

终于未见星星的踪影。

黎明，我睁开眼睛，

只觉得一块沉甸甸的石头，

落在心中。

从那时起，

我每天都独自叨念：

石头什么时候会变成星星，

石头什么时候会变成星星。

（1939 年）

（李 芒 译）

---

① 壶井繁治（1897—1975），日本诗人。"新日本文学会"的发起人之一，以民主主义诗歌旗手的身份展开积极活动。 1962 年末成为"诗人会议"组织的实际创立者，并于翌年创办诗刊《诗人会议》，担任经营委员长，直到 1975 年逝世，在民主主义诗歌运动和培养进步诗人方面，作了献身性的努力。

【赏析】

《星星和枯草》，据作者在自传《激流中的鱼》引用这首诗之后说："此诗写于日中战争最为激烈的 1939 年 4 月 13 日"，"当时的我，说起来不外是一棵枯草"。据日本诗人及诗歌评论家小海永二解释说，此诗中的"枯草"乃是受到战争摧残的平民，"星星"则是他们的理想，向往和平的象征。开头一行"星星和枯草在叙谈"，无疑是战争期间，表现了作者的理想：向往和平。第二、三行，特别是"只有我身边刮着风"，则暗示作者对战争现实的抵抗感。本来风是不分地点和对象，都是一样吹拂的，而作者却偏偏说"只有我身边"，这就表现了这一行的重要意义。作者在前面提到的自传中说："对于战争的气氛，感到不适应，虽说是消极的，但也加深了抵抗感。这也就在战争体验的一个重要侧面。"然而，作者虽有这样的感情，却都不准有所表露。从天上掉下来的星星，却无论如何也找不到了，这并非表现的是失去了理想，而是实现理想的一切途径都被堵塞了。第二段的石头，只能理解是被剥夺了一切自由的深潜在作者灵魂中的抵抗感的体现。

关于此诗的技巧，日本评论家用星星、枯草和石头来比喻理想、平民和抵抗感。换句话说，此诗采取的是寓意性的表现方法，可算是观念性的象征诗。这是作者一生中采取的主要手法，也是获得极大成功的手法。日本评论家的分析无疑是正确的。

（李　芒）

一个工人读书时的疑问

布莱希特①

是谁建造了七门之城底比斯？

书上写的尽是国王的名字。

难道是国王们把岩石一块块背来？

巴比伦屡次遭到破坏，

是谁又把它一次次重建？金碧辉煌的利马城里，

建筑工人住的是什么房子？

万里长城竣工的那天晚上，

那些泥瓦匠去往何方？

宏伟的罗马城到处是凯旋门，是谁建造了它们？

罗马皇帝对谁高奏凯歌？

拜占庭备受称颂，难道城里的居民住的都是王宫？

即使在传说中的阿特兰提斯城，

当大海吞噬它的那天夜里，

行将淹死的人还在向他们的奴隶咆哮。

年轻的亚历山大征服了印度。

就他一人单枪匹马？

恺撒击败了高卢人，

---

① 布莱希特（1898—1956），德国著名剧作家、诗人。 生于奥格斯堡。 早年曾就读于慕尼黑大学，先攻哲学，又改修医科。 1933 年流亡国外。 1948 年回东柏林，从事"柏林剧团"活动。 布莱希特的早期诗歌以歌谣体为主。 后期的诗歌密切联系德国的社会生活，以此来教育群众。

难道连个厨师也没带在身边？

无敌舰队葬身海底，西班牙的菲利普号啕大哭，

难道哭的就没有别人？

腓特烈二世在七年战争中打了胜仗，

除了他还有谁获胜？

每一页记载一个胜仗，

是谁烹调胜利的宴席？

每十年涌现一个伟人，

是谁偿付这笔费用？

有那么多记载，

有那么多疑问。

（张玉书　译）

【赏析】

在《一个工人读书时的疑问》一诗中作者并没有运用深奥的马列主义词句来进行说教，也没有使用感情色彩浓厚的词句以打动读者，而是列举了一系列人所共知的例子，利用提问的方式，引导人们去思考，去认识，从而自己得出作者未写出的结论，起到自我启发、自我教育的作用。全诗就像一篇启示录。这就是布莱希特诗歌的独到之处。

诗中，作者提到了许多世界闻名的建筑，如七门之城底比斯，历史上屡次重建的巴比伦，中国的万里长城，罗马城的凯旋门和传说中的阿特兰提斯城等。作者还列举了一些历史上有名的英雄人物，如征服印度的亚历山大，击败高卢人的恺撒和在七年战争中打了胜仗的腓特烈。这些例子对读者讲来都很熟悉，因而易于引起思

考。 而提问题的方式，作者又采用了对比的手法，以简洁明快的语言，单刀直入，这些问题提得简单明确，却又发人深省。 底比斯、巴比伦、长城、古罗马的凯旋门等，有的金碧辉煌，有的气势磅礴，后人为之感叹不已。 但是这些名胜并不是上帝或是哪个人的造物，它们是劳动人民智慧和血汗的结晶，是他们巧手中的杰作。 亚历山大，恺撒和腓特烈无论怎样伟大，离开了英勇善战的士兵也是一事无成。 通过一次次的提问，作者道出了劳动创造世界。 人民创造历史的真理。 接着，作者又进一步对读者进行启发，利马城金碧辉煌，可是建筑工人又住在哪里？（当然是在阴暗的小房子里！）雄伟的长城遥遥万里，而泥瓦匠又往何方？（当然没有好下场！）史书上处处记载着名人显贵，但是那些真正创造奇迹的人民群众呢？（早已被人遗忘！）这一组鲜明的对照，揭露了阶级社会的极不公道，同时也表达了作者对人民群众的赞美。

（江楠生）

中国的茶树根雕狮子

布莱希特

恶者畏惧你的利爪，

善者喜爱你的优美。

我喜欢听到，

对我的诗句有这样的评价。

（1960 年）

（王 建 译）

【赏析】

在布莱希特毕生创作近 1300 首诗歌中，有一类"节奏不规则的无韵抒情诗"，是他借鉴中国古典诗歌和日本古典俳句创造的。 正如名称所表示的那样，这类诗不押韵，节奏不固定。 此外，他们一般都较简短，但内涵却很丰富，常借精心挑选的生活素材，揭示事物最本质的特征，表达某种思想或哲理。 写于流亡期间的《中国的茶树根雕狮子》，即是此类诗中的一首。 作者抓住这件友人送给他的中国工艺品的两个特征——"利爪"和"优美"，用短短的 4 行诗以此道出自己诗歌创作追求的目标，堪称别出心裁。

布莱希特很早就认识到人们不应只对世界做出解释，更应当努力改变这个世界。 为此他十分重视艺术的社会效果。 对他来说，诗既不是宣泄个人感情的工具，也不是纯形式的游戏，而是一种战斗的武器。 他希望自己的作品能启发劳动人民的觉悟，让他们相信世界是可以改变的，并促使他们行动起来，去改变千疮百孔的资本主义世界。 正因如此，那些给这个世界制造了种种弊端和罪恶的"恶者"，才像畏惧狮子的利爪一样畏惧他的作品。

然而，光靠政治口号和道德说教，是不可能使文学作品具有"利爪"的威力的，必须同时赋予它"优美"的外观。布莱希特的伟大之处，便在于能将二者融为一体，使他的诗作不至于沦为拙劣的政治宣传品。尽管出于社会效果的考虑，他的语言简单易懂，具有口语化倾向，但绝不因此使诗的美有所丧失，人们称他是杰出的"语言大师"。他以一种特殊的敏感和纯熟的手法处理韵律和节奏，使他的诗不论语言多么通俗，不论押韵与否，都有动人的魅力，赢得"善者"的喜爱。

　　这种"利爪""优美"的有机统一，不光是布莱希特诗歌创作中的追求，也是他作品总体特征的概括。为此有的出版社，就以那只茶树根雕狮子作为布莱希特作品的封面图案。

（何　法）

溺水的少女

布莱希特

她溺死了，顺流而漂，
从小溪漂进大河之水，
高悬天上的猫眼石奇妙地照耀，
仿佛不得不给尸体一点安慰。

水草和藻类把她缠着，
使得她慢慢地越变越重。
冰凉的鱼儿在她腿间游着，
动植物至今还在拖累她最后的行程。

黄昏的天变得灰暗如烟，
到夜里，天上高悬起点点星光。
但早晨天是亮的，所以即便对她而言，
也仍然有早晨和晚上。

在水里腐烂了她苍白的身体，
很慢很慢地，上帝逐渐把她忘记——
最初是她的脸，其次是手，
唯有头发最迟，
于是她变成了河里漂浮的腐尸中的，一具腐尸。

（佚 名 译）

【赏析】

《溺水的少女》一诗，诉诸的是读者的理性思考而非情感共鸣，诗人以客观冷静的陈述，像新闻一般报道着一个淹死少女的尸体如何在小溪大河中漂流和逐渐被腐蚀的过程，并有意以旁观者的述评语气谈论此事，造成读者与对象的感情距离。我们先在水草对她的纠缠和鱼类对她的拖累中感到死亡残酷地占领生命后施加的重量和淫威；继而又在黄昏和早晨的更替里领略时空照常运转时的冷漠和机械，最后，一个有血有肉的少女与"腐尸中的一具腐尸"等同合一，使你震惊，使你不敢不信而又不得不信。美与丑，原本没有根本的区别，它们在一定的条件下发生神奇而又平常的转化，这是生活残酷而又公正的规律。诗人以不断变换的画面、场景和意境充分调动起读者的联想和想象，以充满矛盾的问题引起读者对自以为已经了解的事物进行重新的认识和观察。"陌生化"的手法在情感上造成读者与对象的间离，使读者以冷眼旁观的态度客观评价对象，在理智上却把读者推进诗中，介入角色地深入思考。

值得注意的是，当布莱希特将"陌生化效果"引入诗歌时，他的创新几乎走上离经叛道的悬崖，他使抒情诗的"情"几乎降到了冰点，诗人不动声色的描写使读者完全失去"共鸣"的机会。那么布莱希特是何以建构他的诗的框架的呢？这就是诗与画的结合。无论是东方、还是西方，诗与画这两种艺术样式常被相提并论，古希腊抒情诗人西蒙尼德斯曾说："诗是有声画，犹如画是无声诗。"苏轼曾在诗中写道："诗画本一体，天工与清新。"诗人们这种超越空间的共同创见道出了诗与画所共同遵循的一种艺术规律。用现代符号学观点来看，诗的语言符号作为一种概念符号虽不具有物理空间性，但同样具有心理空间感，由此而使得诗这门"抽象"艺术的审美效应往往可以具有画这种具象艺术的某些特征。 布莱希特正是以不断变换的画面和场景使读者像欣赏一幅幅画似地与对象保持一定距离，以画面上的意境调动读者的思想，从而在冷静的思考中得到教谕和启示。

（潘一禾）

诗的艺术

博尔赫斯[①]

看着时间和水汇成的河，
会想到时间的河并不一样。
要知道我们会像江河一样消失，
而脸庞像水一样流淌。

感到醒是另一种，
梦见不做梦的梦，
我们的肌体惧怕的死亡，
这每夜的死亡就是梦乡。

在一天或者一年当中，
看到人生岁月的象征，
将对岁月的践踏，
变成低语、形象、乐声。

在死亡中看到梦，
在日暮中看到忧伤的黄金，
这就是不朽而又可怜的诗歌，
既像黎明又像黄昏。

---

① 博尔赫斯（1899—1986），阿根廷诗人、作家。 1923 年出版了第一部诗集《布宜诺斯艾利斯的激情》，后来又发表了《面前的月亮》（1925）和《圣马丁手册》（1929）。 这些作品都具有明显的先锋派的烙印。

有时一张面孔，在傍晚，

从镜子里将我们端详；

艺术就应该像镜子一样，

揭示我们自己的脸庞。

听说乌利希斯，传奇式的英雄，

为爱情啼哭，当看到卑微的国土碧绿葱茏；

艺术就该像伊塔克那样，

并不神奇却万古长青。

它像江河一样奔流不停，

既行又止，像赫拉克里托一样变化无穷，

既是自身又是他物，

像江河一样无止无终。

（赵振江　译）

【赏析】

博尔赫斯的诗作形式简朴、内容深奥。时间、梦幻、死亡、迷宫等虚实结合、神秘莫测的事物常常是他吟咏的主题。在他的作品中，既有"一切皆流、一切皆变"的辩证思想，又有"怀疑主义"和"不可知论"的唯心主义因素。他认为，古往今来的诗歌都在重复同样的题材，如同日暮和黎明的重复出现一样。因此，他很重视诗歌的形式，并力图通过自己的诗歌来探索宇宙和人生的奥秘。诚然，这种探索是永无止境的，正如宇宙和人类的发展永无止境一样。博尔赫斯诗作的另一个特点是善于将抒情与叙事、理智与激情、议论与思考等相反相成的因素熔于一炉，使之水乳交融、互相渗透，通过诗歌的形象来表达深奥的哲理。这里所选择的两首诗，都体现了博尔赫斯诗作的典型风格。 在《诗的艺术》中，诗人向我们表明了他对时间和人生的看法：二者都像河流一样，永远不会停滞和静止，而是处在永恒的运动和变化当中。 生和死就像梦和醒一样。 诗人就是凭借稍纵即逝的灵感，捕捉生活中不时闪现的火花，从而冶炼出生动、和谐、优美的诗句。 他认为诗人的才能在于联想；诗意的绝妙在于朦胧；艺术的作用在于像镜子一样，使人透过它看到事物，而又不是事物本身。 他认为，艺术应该像希腊神话中的英雄人物乌利希斯的家乡那样，平淡无奇又永垂不朽；应当反映自身同时也反映万物；应当像江河一样永不停滞，而且变化无穷。在《局限》这首小诗中，博尔赫斯通过日常生活中最平凡的琐事向我们揭示了一个人生的真理：任何事物都有一个局限，生命的尽头就是死亡。 不管你承认还是不承认，也不管你是自觉还是不自觉，死神时时刻刻在磨损着我们。 用词简单而寓意深刻，这正是博尔赫斯诗作的独到之处。

（赵振江）

蝴　蝶

蓬　热①

当花茎里制造的糖出现在花盏底上，犹如那没洗净的杯子，
——这时地上出现了巨大的努力，突然蝴蝶翩翩飞舞起来。

但是它像每个毛虫一样，生成一个盲目而黝黑的脑袋，躯体由
于对称的翅膀如同火焰一般爆发出来而变瘦。

从这时起，游荡的蝴蝶只在行程中随意地，或差不多随意地
停伫。

这飞舞的火柴，它的火焰是不传染的。何况，它来得太晚，只
能看到花已开放。但没有关系：它以修灯匠的姿态，检查每朵花的
油量。在花顶上摆放它携来的凋谢的褴褛，以报复毛虫在花茎脚下
长期无闻的屈辱。

这空气中的纤纤帆船，受风肆虐的多余的花瓣，它在园中流浪。

（1942 年）

（刘自强　译）

【赏析】

《蝴蝶》选自《物的立场》，是一首描写蝴蝶的散文诗。 蓬热
遵守他的"物的立场"，对蝴蝶的蜕变和飞舞作了详尽的说明：第
一段用"犹如那没洗净的杯子"的比喻，直接而精确地描写了蝴蝶
的出现；第二段用"对称的翅膀如同火焰一般爆发出来……"的比
喻，生动地说明了蝴蝶的蜕变。 第三段简单地说明了蝴蝶的游荡生

---

① 蓬热（1899—1988），法国诗人。 他早年生活艰辛，曾参加超现实主义
运动，加入过法国共产党。 有诗集《物的立场》。 20 世纪 60 年代后，声誉日
增，被推崇为"无与伦比的诗人"。

活。 在第四段及最后一段，诗人尽兴地采用比喻。 第四段几乎每一句都给蝴蝶带上了明辨的意识。 最后一段一连用了三个隐喻，形象地描绘了蝴蝶翩翩飞舞，却又像带着人情味的姿态。

蓬热对物的偏爱是和他对词的偏爱分不开的。 他的物是在法国语言中，法国精神思想中表现出来的物。 萨特说："蓬热旨在运用词的词义厚度：站在词的立场上（反对唯心主义把世界减缩为概念的再现）。"因此，诗人的反抒情的立场正是重新发现一个新的抒情形式，以便在字与物之间更好地叙述世界。 而这正是每个诗人的理想。

（刘自强）

喀秋莎

伊萨科夫斯基①

苹果树和梨树盛开着鲜花,

河面上飘荡着薄雾的轻纱。

喀秋莎走向河岸,

走向那高高的峻峭的河岸。

她一边走着,一边唱着歌,

她歌唱那草原上的灰色的雄鹰,

她歌唱她所心爱的人,

她歌唱她珍藏着的每一封信。

哦,你啊,歌声,少女的歌声,

愿你跟着明亮的太阳飞翔,

把喀秋莎的敬礼带给那个战士,

他正守卫在遥远的边疆上。

愿他想起这个朴素的少女,

愿他听见她怎样在歌唱,

愿他保卫祖国的土地,

而喀秋莎也把爱情在心里珍藏。

——————————

① 伊萨科夫斯基(1900—1973),苏联著名抒情诗人。 出身于贫苦农民家庭。 十四岁即发表处女作,此后,他的诗集陆续问世。 卫国战争期间,他写了许多脍炙人口的抒情诗,广为流传。 晚年致力于民族诗歌的翻译工作。

苹果树和梨树盛开着鲜花，

河面上飘荡着薄雾的轻纱。

喀秋莎走向河岸，

走向那高高的峻峭的河岸。

（1938 年）

（王守仁　译）

【赏析】

《喀秋莎》是伊萨科夫斯基最负盛名的一首抒情诗。 这首诗一开始，一幅生动的画面就展现在读者面前：春光明媚，百花盛开，薄雾缭绕，一位少女正站在峻峭的河岸上纵情歌唱，那甜美动人的歌声在田野上荡漾……寥寥几行诗不仅仅渲染了环境气氛，而且景中有人，景中有情，以景物烘托人物，形神兼备地勾画出了一位纯情少女的动人形象。 那盛开的苹果花和梨花不正是少女纯洁的象征和她那姣美容貌的写照吗？那飘动的薄雾伴随着她的轻盈步履，那高耸峻峭的河岸更衬托出了她那绰约俏丽的身姿，而美妙的歌声则传达出了她的欢快喜悦的心境。 这四行诗一首一尾，反复吟唱，创造出了清新、明丽、优美、欢快的艺术意境。

接着，诗人引导读者深入探访那位姑娘心中的秘密。 姑娘之所以那样心花怒放，是因为她心中柔情奔涌，正陶醉在爱情的欢乐和幸福之中。 她已把自己的心献给了草原上的雄鹰——一位年轻而勇敢的边防战士，她的歌声倾吐了对心上人的爱情和思念。 在这一段中，诗人并没有用直白式的语言去写姑娘的内心感受，而是用"唱出优美的歌声"，歌唱草原上雄鹰，珍藏着爱人的书信等这些质朴而形象的语言，含蓄地展示姑娘的内心世界。 从这简洁而朴实的描写中，那位姑娘的喜悦心情，她对边防战士的倾慕，对爱情的忠贞，以及对祖国热爱的高洁心灵，不是已经清晰地坦露出来了吗？

最后诗人也被姑娘的真挚、纯洁的爱情所感染，于是不由得抒发感慨，为这对青年祝福，祝愿那美妙歌声将姑娘的敬意和爱慕带给边防战士，祝愿战士安心守卫祖国的边疆，祝愿喀秋莎永远将爱情珍藏。

这首抒情诗在爱情的主题中揉进了爱国主义思想，既抒发了主人公的细腻、委婉的爱的情思，又表达和揭示了她的爱国主义的情操，从而更丰富和加深了这首诗的内涵。在卫国战争期间"喀秋莎"这位姑娘的形象成了忠于爱情、忠于祖国的象征，受到广大群众的爱戴，这首诗也被谱写成歌曲而传遍俄罗斯，飞往全世界。

（任子峰）

瞬息间是夜晚

夸西莫多①

每一个人，
偎倚着大地的胸怀，
孤寂地裸露在阳光之下，
瞬息间是夜晚。

（吕同六　译）

【赏析】

《瞬息间是夜晚》是夸西莫多的一首抒情名诗，为各种选本必收的佳篇。这首诗作于 1930 年，后收入抒情诗集《水与土》。当时正值墨索里尼法西斯专制时期，意大利史学家称之为"黑暗的二十年"。诗人的家乡西西里也沉陷黑暗之中。正如法国诗人、小说家阿拉贡在评论夸西莫多诗歌中所展示的西西里形象时所说："在任何一处别的地方，都不曾笼罩这般的黑暗。这不是昏暗，而是风雨如磐，一片漆黑。"（阿拉贡：《向夸西莫多致敬》，载《法兰西文学报》，1959 年 11 月 11 日）

这首诗短小精悍，总共才四行。夸西莫多在诗中没有从大处落笔，也完全摒弃浅露的直白或抽象的意念，而是自辟蹊径，以艺术家的敏锐，从自然中采撷片断的自然场景，摄取从日落黄昏到夜幕降临这一特定的、短暂的景象，去刻画这"瞬息间"人的内心深处微妙、复杂的情绪。夸西莫多直接诉诸人的视觉与幻觉，从这一特定的场景中，精心选取两组极富形象性的意象："阳光"与"夜

---

① 夸西莫多（1901—1968），意大利当代优秀抒情诗人，"隐秘派"诗歌的重要代表。1959 年，夸西莫多获诺贝尔文学奖。

晚"，"偎倚"与"裸露"，造成鲜明的对照，强烈的反差，并采用异常明快的、迅速转换的节奏，把诗人在灾难深重的岁月里，心灵如同黑暗的"夜晚"，无比"孤寂"的主观感受，酣畅淋漓地渲染了出来。

夸西莫多十分重视语言的提炼。他的语言凝练、明净，形象感强。这首诗是体现夸西莫多语言风格的典范。诗人以简洁得不能再简洁的诗句，艺术地概括了从急剧变幻的客观景象，到人的幻想迅速更迭的跳跃。在这里，"阳光"与"夜晚"，"偎倚"与"裸露"这两组意象，既是外在的客观景象的素描，又是人物的主观世界的感情波澜的抒写，可谓亦景亦情，情景一体，制造了浓郁的抒情氛围和富于哲理的意境。短短四行诗，层次分明，婉转巧致，可谓言短情长，余韵无穷。

（吕同六）

消逝的笛音

夸西莫多

贪婪的痛苦啊，
在我渴求孤独的时刻，
别急于送来你的礼品。

冷冰冰的笛音，重新吹出，
常青树树叶的欢欣。
它使我失去记忆；欢乐没有我的份。

夜晚降临在我的心灵。
在我沾满杂草的手上，
水儿一滴滴流尽。

翅膀在朦胧的天际振摆，
心儿从一处飞向一处，
我这片土地却无法耕耘。

每天都是一堆废品。

（钱鸿嘉　译）

【赏析】

《消失的笛音》是诗人早期著名的抒情诗。这首诗具有明显的奥秘主义诗风，避免从正面去揭露现实的社会矛盾，而只通过对大自然环境的描写来隐喻人生和现实，表现诗人内心世界的痛苦和忧愁。 诗人在遣词造句上精雕细琢，曲径通幽，往往使语句富有双关意韵或潜在寓意。 第一节以诚意的恳求口气表达对痛苦的拒绝，既暗示孤独和痛苦同时袭来，又点明诗人内心难忍的哀伤；第二节"冷冰冰的笛音，重新吹出／常青树树叶的欢欣。"语法上虽符合规范，语义上却导致"冷冰冰的欢欣"的歧义，诗人以悖论性的语言表现内心悖论的情思："它使我失去记忆；欢乐没有我的份。"诗人曾对生活充满美好的愿望，但现实却使人希望忘却往日的梦境；第三、四节语义的实指和虚指朦胧含蓄、耐人寻味，将美好憧憬在现实生活中的幻灭，及由之产生的沮丧、烦闷心情生动地传达了出来；诗的结尾句"每天都是一堆废品。"在上述章节的铺垫下更显得隐喻深刻，给人以丰富的联想。

从这首诗中也可见诗人深受法国象征派影响，对人的个性危机和丧失信念作了突出的表现，并擅长运用象征和隐喻的手法，着力提炼艺术形象，探索外部现实世界与诗人内心世界的应合，整个意境和谐而又复杂，新颖而又朦胧。

（潘一禾）

山　燕

朴世永①

在那难以攀登的极顶，
栖息着的山燕，
你啊，是来自南国？
还是来自北方？

你真像自由的化身，
有谁敢侵犯你的躯体，
谁又装得十分理解你，
天空是属于你的，
大地也属于你。

你用锐利的眼睛，
俯视着世界，
你用矫捷的身躯，
飞箭似地穿过天空，
像魔术师的鞭子，
上下左右地飞舞。
栖息在极顶的山燕啊，
你多么伟大崇高！

---

① 朴世永（1902—1989），朝鲜著名诗人。 1937 年出版了他的诗集《山
燕》。 第二次世界大战期间，他被迫中断创作。 战后他来到朝鲜民主主义人民共
和国，写出了《不死鸟》等诗，并出版了诗集《真理》。

有一天清晨，
我喘息着爬上山巅，
俯视着世界，
你嘲笑我显得蠢笨。

我想成为一只山燕，
宁愿和你一样，
张开强有力的翅膀，
在蓝天上自由飞翔。

早晨火红的太阳，
照在似枪尖的白色岩石上；
你坐在岩石的最高处，
把自己的羽毛梳妆。

当山中的灵气上升的时候，
你尽情地吸吮着它，
尽兴地沐浴和嬉戏，
你完全了解，
原始森林中的奥秘。

当野猪拱着红色土地的时候，
你飞上悬崖监视，
当豹子饥肠辘辘，
盯着弱小动物的时候，
你是一只千里鸟，

将人间的不幸消息，
从这个国家传到那个国家。

山燕啊，飞吧！
像箭似地飞吧！
拨开乌云穿过毒雾。

土地似龟背皲裂，
山燕啊，飞吧！
为了穷苦的农民，
你难道不能将阴云赶来，
山燕啊，盘旋、上升、俯冲吧！
将阴云载在尾巴上飞来吧！

山燕啊，飞吧！
像箭似地飞吧！
拨开乌云穿过毒雾。

（1936 年）

（何镇华　译）

【赏析】

20 世纪 30 年代中期，日本帝国主义加强了对朝鲜的殖民统治，进一步残酷榨取朝鲜人民的血汗，疯狂镇压朝鲜人民的反抗，肆意摧残朝鲜民族文化，1935 年强行解散了"朝鲜无产阶级艺术同盟"，大肆逮捕、监禁和屠杀进步作家，即使在这种险恶的形势下，朝鲜进步作家仍以各种形式进行斗争。《山燕》就是在这种历史条件下创作的。

为了避开日本殖民当局的检查，朴世永在诗中不得不采用暗喻手法，来表达自己的思想感情。朴世永在诗中塑造了一位革命者的高大形象，把他比之为山燕，栖息在"难以攀登的极顶"，他胸怀宽阔，眼光远大，有胆略和魄力，所以能够在"大地"上与"天空"中纵横驰骋，诗人情不自禁地喊出"你真像自由的化身"，由衷地赞颂他是"多么伟大崇高"。诗人不仅赞美，而且自己也"想成为一只山燕"，"张开强有力的翅膀，在蓝天上自由飞翔"。接着诗人又赞美了山燕的从容自如的态度，尽管形势险恶复杂，山燕仍旧坐在山顶的岩石上，梳理着自己的羽毛，尽情地呼吸着山中的"灵气"，他是多么从容不迫啊！

诗人把敌人比喻成"野猪"、"豹子"，它们在"拱着红色土地"和"盯着弱小的动物"，但被山燕这只千里鸟看穿了。

诗人还表达了对农民的遭遇的深切同情，盼望山燕能带来甘霖，滋润那干旱龟裂的土地，希望山燕能"拨开乌云穿过毒雾"。

（何镇华）

黑人谈河

休　斯[1]

我了解河流，
我了解河流和世界一样古老，
比人类血管中的血流还要古老。

我的灵魂与河流一样深沉。

当朝霞初升，我沐浴在幼发拉底斯河。
我在刚果河旁搭茅棚，波声催我入睡。
我俯视着尼罗河，建起了金字塔。
当亚伯·林肯南下新奥尔良，
我听到密西西比河在歌唱，
我看见河流，混浊的胸脯被落日染得一江金黄。

我了解河流，
古老的，幽暗的河流。

我的灵魂与河流一样深沉。

（1922 年）

（赵毅衡　译）

---

① 休斯（1902—1967），美国诗人、作家。一生有六十多种著作，如诗集《疲倦的黑人伤感歌》和《哈莱姆的莎士比亚》，长篇小说《不无笑声》，短篇小说集《白人的行径》。他的作品被译成多种文字。他有"哈莱姆的桂冠诗人"之称。

【赏析】

1922 年，黑人诗人休斯在著名黑人学者杜波伊斯主编的《危机》杂志上发表这首《黑人谈河》，立即受到人们的重视。这是诗人公开发表的第一首诗，也是他最佳诗作之一。1926 年，诗人出版第一部诗集《疲倦的黑人伤感歌》，收录了这首满怀深情的短诗。此后，这首诗经常被选入各种诗集，至今仍广为传诵。

世界几条著名大河是人类文明的发祥地，是古老民族的摇篮。这些江河曾哺育了两岸的人民，也曾目睹了千百年历史的变迁。诗人在十八岁中学毕业时，乘火车经过密西西比河，他望着宽阔大河中滔滔不绝的流水，触景生情。他回忆起当年亚伯拉罕·林肯曾乘木筏沿河南下去新奥尔良，亲眼看见不少黑奴被囚在船上运往下游去贩卖，又看见不少黑奴在沿岸田野里如牛似马地劳动。黑奴的悲惨命运，刺痛了林肯，使他下定决心废除蓄奴制。年轻诗人重温了自己的先辈在密西西比河两岸所受的苦难。他由这条曾推动美国文明发展的世界第一大河展开了联想，在脑海中闪现过曾孕育过古埃及文明的尼罗河，孕育过古巴比伦文明的幼发拉底斯河，以及孕育过非洲黑人文明的刚果河，这些世界著名江河都对人类历史发展做出过贡献。诗人面对波涛滚滚的密西西比河，激情油然而生，挥笔在一个旧信封背面写下这首著名诗篇——《黑人谈河》。

这首诗是休斯抒发被压迫的黑人的抑郁悲愤的力作。他将黑人的灵魂与人们称之为"老人河"的密西西比河联系起来，唱出"我的灵魂像河流一样深沉"的动人诗句。每天，千百艘船只在黑沉沉的密西西比河上频繁驶过，把河水搅得混浊。但是，诗人听见了川流不息的大河在由衷地歌唱，看见了辽阔的江面在夕阳映照下泛着金光，给人一种向上的勇气和力量。历尽沧桑的密西西比河是深沉的，饱经风霜的黑人的灵魂也同样是深沉的，这种联想丰富而新奇，这个比喻贴切而生动。 读了此诗，人们仿佛看到了栩栩如生的美国黑人的形象。 诗人控诉了他们的不平，道出了他们的心声，也赞颂了他们的如密西西比河一样的宽阔胸怀，和如密西西比河一样的深沉灵魂。

（王逢鑫）

城　墙

纪　廉①

为了筑成这座城墙，
大家都把手伸过来：
黑人伸出黑手，
白人伸出白手。
啊，
我们要在地平线上，
筑起一座城墙，
从海滨伸到山巅，
又从山巅伸到海滨！

——咚，咚！
——谁呀？
——玫瑰花和石竹香。
——把城门打开！

——咚，咚！
——谁呀？
——上校的利剑。
——把城门关起来！

---

① 纪廉（1902—1989），古巴诗人，是西班牙语黑人诗歌的杰出代表。 主要诗作有：《 "松"的旋律》《松戈罗·科松戈》《西印度有限公司》《西班牙、四种苦恼和一种希望》《人民的鸽子在飞翔》《爱情的诗》《伟大的动物园》等。

——咚，咚！

——谁呀？

——鸽子和月桂花。

——把城门打开！

——咚，咚！

——谁呀？

——蝎子和蜈蚣。

——把城门关起来！

——咚，咚！

——谁呀？

——马蒂来拜访你……

——把城门打开！

让我们把人人的手都连在一起，

筑成一座城墙：

黑人伸出黑手，

白人伸出白手。

我们要在地平线上，

筑起一座城墙，

从海滨伸到山巅，

又从山巅伸到海滨！

（亦　潜　译）

【赏析】

1930 年，诗人纪廉参加了古巴音乐节，黑人歌舞给了他很大启发，于是便开始创作"黑人诗歌"。所谓黑人诗歌，就是以黑人的生活为主题，采用黑人歌舞的韵律、节奏而创作的诗歌。纪廉的头两本诗集《"松"的旋律》和《松戈罗·科松戈》中全是黑人诗歌。诗人将民歌、舞曲和沿街叫卖的小调小曲都变成了抒情诗歌的韵律，而且技巧娴熟，写来得心应手，这是因为纪廉一方面对西班牙语文学具有广泛的知识，另一方面他又很熟悉黑人的生活。"可是，纪廉并不满足于仅仅是诗的外表，他甚至深刻地理解到黑人的心灵。他在他的《给士兵的歌》和给游客的《"松"的旋律》中，把他的艺术又推进了一步，表达出超越人种区别和国家境界的人类团结的深厚感情。"

《城墙》便是这样的一首诗歌。就其内容而论，它表达了诗人向往的超越种族、超越国界的全人类大团结。就其风格而言，描写形象生动，又模拟现实中的节律。这样的诗歌既有谣曲的风味，又有现代音乐强烈的节奏感，适宜于歌舞，给人以强烈的感官刺激。

纪廉的《城墙》简洁明快，极富口语感与动感，这些诗歌特点是与纪廉对黑人诗歌的追求分不开的。叠句与对话的运用，表明诗人竭力模仿现实感觉，使诗歌与火热的生活紧密结合，使诗歌不是作为有闲阶级的消遣而是作为生活的补充和象征出现。

纪廉的诗的着眼点在反对种族歧视，使黑人能顺利地加入到世界大家庭中来，一起享受和平与幸福的生活。"黑人伸出黑手，／白人伸出白手。／啊，／我们要在地平线上／筑起一座城墙，／从海滨伸到山巅，／又从山巅伸到海滨！"这种豪迈的气魄来自于诗人对人类明天的美好向往，这里"城墙"就成为人类友谊与力量的象征。 从这里我们不难看出纪廉之所以获得了 1954 年度"加强国际和平"斯大林国际和平奖金并不是偶然的，纪廉的思想及他的诗就是对和平的讴歌和对一切不平等现象的抨击。

（佚　名）

你的微笑

聂鲁达①

你需要的话，可以拿走我的面包，
可以拿走我的空气，
可是别把你的微笑拿掉。

这朵玫瑰你别动它，
这是你的喷泉，
甘霖从你的欢乐当中，
一下就会喷发，
你的欢愉会冒出，
突如其来的银色浪花。

我从事的斗争是多么艰苦，
每当我用疲惫的眼睛回顾，
常常会看到，
世界并没有天翻地覆，
可是一望到你的微笑，
冉冉地飞升寻我而来，
生活的大门，
一下子就为我打开。

---

① 聂鲁达(1904—1973)，智利当代著名诗人。 主要作品有《葡萄园和风》《地球上的居所》《漫歌集》《元素之歌》等，他死后又由他妻子整理出版了《孤独的玫瑰》等八部诗集。

我的爱情呵，
在最黑暗的今朝，
也会脱颖出你的微笑，
如果你突然望见，
我的血洒在街头的石块上面，
你笑吧，因为你的微笑，
在我的手中，
将变作一把锋利的宝刀。

秋日的海滨，
你的微笑，
掀起飞沫四溅的瀑布，
在春天，爱情的季节，
我更需要你的微笑，
它像期待着我的花朵，
蓝色的、玫瑰色的，
都开在我这回声四起的祖国。

微笑，它向黑夜挑战，
向白天，向月亮挑战，
向盘绕在岛上的，
大街小巷挑战，
向爱着你的，
笨小伙子挑战，
不管是睁开还是闭上。

我的双眼，

当我迈开步子，

无论是后退还是向前，

你可以不给我，

面包、空气、光亮的春天，

但是，你必须给我微笑，

不然，我只能立即长眠。

（陈光孚　译）

【赏析】

《你的微笑》写得非常感人。当然，爱人的微笑就意味着爱情。爱情与事业的关系，爱情与作者正在从事的对敌斗争的关系在诗句当中都有点示："我从事的斗争是多么艰苦，每当我用疲惫的眼睛回顾，常常会看到世界并没有天翻地覆，可是一望到你的微笑冉冉地飞升寻我而来，生活的大门一下子就为我打开"。聂鲁达生前是一位爱国者、进步诗人和共产主义战士，一生为反对法西斯主义，争取民主和祖国的解放斗争不息，但屡遭挫折。1848 年至1952 年，智利最高法院由于他是共产党员，确认他在通缉之列。聂鲁达有国难返，有家难归，但意志从未消沉。他回顾了二次世界大战的经历，为感谢他当时的妻子戴丽娅·德尔·加莉尔和他同舟共济的情分写下了这首情诗。此诗收集在 1952 年出版的诗集《首领的诗》之中。

全诗除具有前两首诗的特点之外，诗句连贯性极强，一气呵成，铿锵有力，富于节奏感和音乐感。前两首诗的层次比较分明，每段都有主题，而且层层深入，进入高潮，可以看出诗人的匠心所在。而《你的微笑》则不是如此，他的层次并不鲜明。作者的意识流动较快，加之节奏也较快，给人以目不暇接之感，虽然如此，它比前两首的情感更加激动，每句诗都火辣辣的向读者扑来，因此它的感染力也较前两首更加强烈。

（陈光孚）

铺路石

雅柯布森①

把我们践踏在脚，使劲往下踩，
根本忘记我们的存在。
可是我们的肌体上承担着整个世界，
在重压下觉察到它的力量在壮大。

碎纸和香蕉皮沾满了我们的身体，
和我们终身做伴的是臭烘烘的阴沟。
霓虹灯映亮的大商店就矗立在我们身边。
哦，我们的各路人马通向世界的尽头。

我们默默无闻地承担着纽约和伦敦，
一声不吭地让小汽车飞来驶去。
咬紧牙关用出全部力量来支撑，
哪怕连腿关节都累得变了颜色。

花岗石的孩子，
被投入火山口里去锻造。
从地球的筋骨上切割下来，
又成了支持地球的材料。

---

① 雅柯布森（1907—？），挪威诗坛上重要的现代主义诗人。 主要诗作有
《土与铁》《芸芸众生》《长途火车》《秘密生活》《草中之夏》《致光明的信》
《以后的静寂》和《诗集》等。

从意大利的罗马到伊拉克的尼尼微，

我们无处不在。

蓝色地图集里展示我们的存在，

我们见到新的大陆诞生。

看到它们抖掉浪花，

站立起来迎接光明。

要是有那么一天，

我们听得地球发出隆隆响声，

全世界都步伐雄壮地朝向新纪元前进，

哦，灰色的弟兄们，我们赶快跟上去。

（石琴娥　译）

【赏析】

在念这首挪威诗的时候，总不禁要联想到我们的《大路歌》，同样气势浑厚雄壮，同样生机蓬勃、锐不可当。所不同的是《大路歌》写的是开路先锋——筑路工人，而这首诗写的是铺路的石头。

不妨看看：铺路石虽然默默无闻，由人踩踏和汽车飞驰，但是它们却承担着整个世界。尽管铺路石上沾满了污垢，但是灯火通明的大商店也离不开它的存在。从意大利到伊拉克，它无处不在，任何城市集镇、交通网络只要有路的地方就少不了它。然而它承担整个世界也绝非轻易的事情，要咬紧牙关用出全部力量来支撑，甚至累得腿关节都变了颜色。

全诗的前面几段讲的是现在，把铺路石的伟大作用和刚毅精神纵情赞美，而最后两段讲的是将来，点明了世界正在发展，新的大陆正在诞生，而在这个世界发出隆隆响声走向新纪元的时代里，铺路石是必不可少的，它要紧紧跟上。 新世界离不开它，它也甘愿为新世界铺平道路，这是何等宏伟博大的气魄！

人们在谈到从事平凡而伟大的事业的时候往往会说自己甘愿做一块为光明前途铺平道路的铺路石，意思是愿意披荆斩棘，忍辱负重，默默地奉献出自己的一切。 这首诗正是颂扬了这种精神，也可以说是一首歌唱大公无私的精神的赞歌。

那么，诗里歌颂的仅仅是铺路的石头？ 显然不完全是，诗的内涵要深远得多。 如果说它是在颂扬整个工人阶级和劳动人民，恐怕大致是不会有误的，因为只有工人阶级和劳动人民才具备这种值得颂扬的高贵品质和思想。

（石琴娥）

美术馆

奥　登①

对苦难他们把握得准确，深刻，

这些古代的大师，他们多么懂得，

苦难在人间的位置：当苦难发生之时，

别人正在吃喝正在开窗，

或正在木然踱步；

他们懂得当老人们正在，

虔诚地热诚地等待，

奇迹诞生之时，总会有一批，

小孩儿在林边池塘上溜冰。

而对奇迹完全不抱特殊的热情，

他们时刻记得：

哪怕是惨烈的殉难也只能自然地发生。

在某个龌龊的地点某个平凡的角落，

那里狗群依然过着狗式生活，

而拷问官的坐骑，

正把它无知的屁股在树干上磨蹭。

比如在《伊卡洛斯》中，勃鲁盖尔画出：

当灾难发生之时，

大家都悠然地掉头不顾；

---

① 奥登（1907—1973），英国诗人，是 20 世纪 30 年代英国诗坛崛起的奥登诗派的代表人物。 主要作品有《看，异邦的人》《战时》《忧虑的年代》等。

耕田人大概听到了，

溅落和无人理睬的喊声，

但这并不是他本人的重要失败；

太阳一如常规地照耀，

一双白腿沉入绿的海波，

而那豪华精美的船肯定看见罕见现象——

从天空跌出一个少年，

可是它心平气和地继续自己的航程。

（飞 白 译）

【赏析】

《美术馆》作于 1940 年，正是奥登思想转向失望怀疑之时。诗中写的是诗人在美术馆看文艺复兴名画时的引起的深深的感慨，——感慨人们对人世间的苦难、对探索者的失败、对殉难者的牺牲，竟是如此视若无睹，麻木不仁。

诗题中的美术馆是比利时的布鲁塞尔皇家美术馆，该馆藏有文艺复兴时期尼德兰大画家勃鲁盖尔的《风景与伊卡洛斯的坠落》等名画。这幅画取材于希腊神话：雅典的能工巧匠代达洛斯为克里特王营造了秘密的迷宫，克里特王反倒将代达洛斯及他的儿子伊卡洛斯囚禁其中。于是代达洛斯发挥他的高超技能，用蜂蜡和羽毛制成两对翅膀，给自己和伊卡洛斯安上，两人得以飞出克里特岛。可是年少气盛的伊卡洛斯越飞越高，飞到了太阳附近，结果翅膀的蜡为太阳融化，伊卡洛斯遂坠海而死。在勃鲁盖尔的画面上，一边是伊卡洛斯落入海中（只剩双腿还未没入海波），另一边是农夫在耕田，船只在航行，平静如常。

勃鲁盖尔在文艺复兴绘画中是很有特色的一名画家，他十分熟悉人民生活，而且构思独特，寓意深刻，以善于暴露人的弱点著称。 这都与奥登的思想合拍。 奥登在这幅画中发现了别人看画时未能充分理解的内容，发现了勃鲁盖尔对生活的透彻领悟，——崇高总是与冷漠同时并存，壮烈的殉难并不能沟通麻木、庸俗、"心平气和"的心灵，不能把龌龊平凡的社会提高到理想世界的水平。诗中提到"拷问官的坐骑"在树上蹭屁股，说的是勃鲁盖尔的另一幅名画《屠杀无辜者》画面上的情景。

奥登这首诗，像他惯常的风格一样，用巧智、幽默、讽刺的口吻说出了深沉的思想和感受。 诗的格律、音步、韵式都很不正规。在诗人的客观态度中，我们仍然看出了他的满腔激愤。

（飞　白）

亲爱的姑娘

敏杜温①

脱掉羊毛衫，穿上土布衣。

亲爱的！请你理解我的心意。

如果你厌恶我这装束，

我会难过无比。

我听妈妈讲过独立的问题，

咱们不需要那些鬼怪电影；

也不想打扮得洋里洋气。

咱们要在独立路上迅跑，

为获得解放加倍努力！

亲爱的！别再安于受人奴役，

让咱们携手奋起。

别去理睬那些洋纱时装，

一起穿起土布衣。

（李　谋　　姚秉彦　译）

【赏析】

《亲爱的姑娘》写于 20 世纪 30 年代，缅甸民族正开始觉醒，民族独立运动蓬勃发展。"缅甸是我们的国家，缅文是我们的文字，缅甸语是我们的语言"的口号响彻缅甸大地，要求恢复民族文

---

① 敏杜温（1909—？），缅甸诗人，文学评论家。1936 年毕业于仰光大学，1938 年留学英国牛津大学。大学时期曾在《大学杂志》《文苑》等刊物上发表诗歌与小说。他的抒情诗语言生动，音调优美，与佐基等人汇成了一个新的文学潮流——"实验文学运动"。主要作品有诗集《写给貌魁们的诗》《番樱桃嫩枝》《花与树干》《敏杜温诗选》。

化传统已成为时代的潮流。 青年们为了表示对自己民族的热爱，积极提倡穿缅甸土布上衣。 他们在报纸杂志上发表文章，在群众集会上热情号召。 不久，穿土布上衣便蔚然成风，成为爱国的象征，进步的象征，它也象征着民族文化的复兴。 敏杜温的这首诗正反映了时代的风尚，倾诉了他自己的爱国热情。 诗人在诗中并没有政治说教，只是通过小伙子对自己心上人情意绵绵的交谈形式，达到了宣传和动员穿土布上衣的目的，使人感到既自然又亲切。 这也正是敏杜温与众不同的诗风。

（姚秉彦）

画眉在唱

罗·斯·托马斯①

似乎错了，这只鸟，

黑色、冒失，暗示着周围，

一片漆黑，却竟然传出，

如此丰富的音乐，似乎音符的矿石，

变成了稀有的金属，

只要明亮的嘴喙轻轻一触。

你独自在书桌旁，常常听见它，

在翠绿的四月，你的精神，

从工作上分心，只因甜美的打扰，

来自屋外温柔的夜晚。

唱得缓慢，但把每句歌，

都注满历史的联想和它黑色家族，

在其他果园学到的爱情、欢乐与忧伤，

现在它们本能地继续传颂，

但带着新的泪水而永远新鲜。

（黄震华　译）

---

① 罗·斯·托马斯（1913—？），威尔士牧师和诗人。生于卡迪夫，在威尔士受教育，曾担任过若干神职。他的诗集有《原野中的石头》《诗选：1946—1948》和《频率》。他的创作成就是经过极大努力而获得的。他的诗歌反映了他对威尔士人民和威尔士民族的热爱。

【赏析】

这首诗显然受了华兹华斯的《孤独的收割人》的影响。

诗分三节。第一节写画眉鸟在音乐领域点石成金的本领。画眉其貌不扬，其外表与周围的黑暗（威尔士的荒凉景色）相一致，但嘴里却突然（冒失地、大胆地）唱出了丰富的音乐。明亮的喙把音符的矿石点成了稀有的金属。原诗的主句是"似乎错了"，但这正从反面衬托出一切是如此的真实，不容置疑，只是令人惊愕与陶醉。它使我们想起了酷爱唱歌的威尔士人民、赞颂威尔士民族的诗人和从平凡的生活题材中提炼出永恒杰作的文学家。这种鸟的黑色外表也使人联想起身穿黑袍的牧师，诗人曾任过那个职务。

第二节的主体是人。说"你"常常听见它歌唱，温柔夜晚里画眉鸟的歌唱使得"你"（包括诗人和其他人）不禁从工作中醒悟过来，抬头谛听。这种打搅，对于孤身在桌旁的人来说，是一种甜美的打搅，它来自绿色的四月，春天来临之际。与上节相联系，尽管常常听见，但点石成金之感却依然新鲜如故，使人惊觉，令人神往。

第三节是一个不完整句，主词是"一个缓慢的歌者"，它的修饰语传达了听者听到的弦外之音。歌者在缓慢地唱，但唯其缓慢，才对每句歌词都注入了丰富的内容。内容似乎古老，富于传统，但由于渗入了新的泪水（歌者的？听众的？），而永远享有生命力。古往今来，有多少文学作品在流传，又有多少在运用着类似的主题，但只要充满历史的联想、爱情、欢乐与忧伤，文学也就永远能触动人的心弦。

本诗用词简明，少有艰深。形式也似平常，十六行诗分为六、

四、六三节，每行在中央略有停顿，不带尾韵。 似乎靠近传统，但又不乏新的探索。 质朴语言描绘出具体的意象，有着丰富的内涵。诗人通过正在歌唱的画眉，不仅表达了自己的情感，而且探索着文学的这一永恒主题。

（黄震华）

不要乖乖地走进那美妙的夜

迪伦·托马斯①

不要乖乖地走进那美妙的夜，
晚年应该在黄昏焚烧、咆哮；
反抗吧，反抗那光明的渐渐消亡。

尽管面临末日的智者明知黑暗的无妄，
因为他们的话已不再似雷电闪光，
他们不会乖乖地走进那美妙的夜。

善良人们当最后浪潮已过，正在哭号，
那些微弱业绩原可在绿色海湾，
灿烂地舞蹈。
反抗吧，反抗那光明的渐渐消亡。

那些捕捉飞翔的太阳并歌唱它的狂人，
得知太晚了，在它消逝的路上为它悲伤，
他们不会乖乖地走进那美妙的夜。

行将就木的正经人莫名地叹息着，

---

① 迪伦·托马斯（1914—1953），英国诗人，生于威尔士一个中产阶级家庭，在朗诵与文学方面颇具天才。 二十岁时出版第一本诗集《诗十八首》。 他憎恶富豪，同情穷人，最著名的作品为《奶树林下》。 他1953年11月在美国作朗诵旅行时因酒精中毒而客死纽约。

看见失明的眼睛能像流星般发光而显出欢乐，
反抗吧，反抗那光明的渐渐消亡。

而你，我的父亲，此刻在那惆怅的高峰，
用你滚滚的热泪诅咒我，为我祝福，
我祈求不要乖乖地走进那美妙的夜。
反抗吧，反抗那光明的渐渐消亡。

（1952 年）

（张小川　译）

【赏析】

本诗是诗人写给他临终的父亲的，其悲痛之情弥漫字里行间。但诗人越出了养育之情，大胆地探索生与死这个永恒主题。诗人既揭示了生命的可贵，又坦然地承认死的必然，不论是聪明人、善人、狂人，或是正经人都不能逃脱这个归宿。与其温顺地、听天由命地"走进那美妙的夜"，不如与死神作激烈的斗争。

该诗形式是十九行诗，它起源于意大利农村歌曲，后传入法国，是16世纪晚期诗人们喜爱的一种通俗短诗。后来规定出一种严格而有些单调的形式，每三行构成一个小节，第二至第五节第三行由第一节的第一行和第三行交替出现，最后四行收尾，两个叠句重复。第一节是引子，除了两个重叠句外，提出晚年应该在白昼终结时"焚烧、咆哮"。

中间四节用来刻画四种不同类型人物对死与生所持的观点。他们对死的反应都不是温顺的，但原因各不相同。聪明人反抗，因为他们的智慧无力去照亮死的黑夜，他们最终知晓死亡必将来临。善人临行时反抗，因为他们的德行无法在死的风暴来临时给他们找到避风港。具有讽刺意味的是，狂人反抗是因为他们的好时光仅仅加速了死亡的来临。 而正经人则在临终时为未能尽情享受生活而叹息。

尽管本诗的明显意义是告诫人们反抗死亡，但其蕴涵远比这复杂，因为诗中同时也表明死亡亦有其价值。 死亡是"美妙的夜"，黑暗"无妄"，在黑暗的背景下，快乐的行为就像流星，没有黑暗作背景，流星也无人可见；其父所处的情况是个"高峰"，其热泪同时是"诅咒"，也是"祝福"。 诗的含义是双重的，神秘的声音同时在庆祝美丽和死亡。 反抗死亡是生命的本质，但死亡却比生命更加本源，生命来源于死亡；衬着死亡的黑色背景，生命发出最美的光芒；生命反抗死亡，但终于进入死亡。 诗人对于生与死的哲理思想在本诗中表达得淋漓尽致。

（黄震华）

幸福的日子

尼卡诺尔·帕拉①

今天傍晚，我走遍了，
故乡寂静的大街小巷，
唯一的朋友陪伴着我，
那就是暮色苍茫。

眼前的一切和当年没有两样，
秋天和它那朦胧的灯光，
已被时间掠走，
给它们罩上了凄凉的忧伤。

请相信，我从未想过，
重游可爱的故土，
可现在回来了，却不明白，
我怎么会远离了家乡。

一切都毫无变化，
无论白色的房屋或古老的门廊；
一切都原封未动，
教堂的塔顶上还有燕子的巢房；
蜗牛爬行在花园里，
青苔还长在潮湿的石地上。

谁也不会怀疑，

---

① 尼卡诺尔·帕拉（1914—？），智利诗人。1937 年发表第一部诗集《没有名字的歌集》。1954 年，第二部诗集《诗歌与反诗歌》出版，提出"反诗歌"主张，引起拉丁美洲诗坛广泛注意，被认为是当代西班牙语诗歌的重大事件。

这里是蓝天和枯叶的领地，
每一个事物，
都有它独特美好的篇章，
就连那阴暗的影子都使我，
仿佛看到了祖母的目光。
这都是值得怀念的往事，
伴随我度过了青春的时光。
广场拐角上的奔跑，
潮湿古老的城墙，
多么美妙的往事啊！我的上帝！
人们从来不知道珍惜真正的幸福，
当我们把它想象得遥远的时候，
它却就在我们的身旁。
啊！真可悲！我这才有所醒悟，
生活原来是一种幻想；
一种希望，一场无边的梦境，
一片小小的白云飘荡。
说来话长，我已经不知所云，
激情使我的头脑发胀。
当我开始做个人的事情，
万籁俱寂，无声无响，
羊儿一只接着一只，
悄悄地回到了圈房，
我亲自向它们一一致意，
当我面对小小的丛林，
它用一种莫名其妙的乐曲，

滋润着游子的耳膜心房。
这时我想起了大海，数着落叶，
对死去的姐妹聊表手足情长。
太好了，我继续自己的游览，
好像对生活毫无希望。
从风车的叶轮前经过，
停在商店的近旁，
咖啡的芳香依然如故，
头顶上还是那同样的月亮，
昔日的小河与现在的小河，
看不出有什么两样。
我清楚地认出，这就是，
父亲种在门前的那棵树，
（尊敬的老人在得意的时候，
他的心胸胜似那敞开的门窗。）
我敢肯定地说，
当狗儿在直射的星光下，
甜蜜地酣睡，
会如同在中世纪一样。
此时此刻，我感到周围，
洋溢着紫罗兰的幽香，
这是慈爱的母亲所种，
为了医治咳嗽和悲伤。
从那时起，已经过了多少岁月，
我说不清楚，
但是肯定，一切都和原来一样，

桌上的酒依旧飘香，夜莺依旧在歌唱，

弟弟妹妹该回来了，

他们大概刚刚离开学堂。

只是时间抹掉了这一切，

犹如一场白色的沙暴飞扬！

（1952 年）

（赵振江　译）

【赏析】

尼卡诺尔·帕拉《幸福的日子》表达了游子重返家乡后的激动心情以及悟出的人生道理。 诗人通过故土的一草一木，回忆起许多值得怀念的往事："眼前的一切和当年没有两样"， "一切都毫无变化，／无论白色的房屋或古老的门廊"； "这都是值得怀念的往事，／伴随我度过了青春的时光。"接着从中顿悟出"人们从来不知道珍惜真正的幸福，／当我们把它想象得遥远的时候／它却就在我们的身旁。 ／啊！真可悲！我这才有所醒悟，／生活原来是一种幻想。"未来只是"一片小小的白云飘荡。"在这悟出的人生道理之中，显然包含着悲观与无望的成分："我继续自己的游览，／好像对生活毫无希望。"全诗以写景为主，故乡的房屋、街道、广场、植物贯穿始终，诗人触景生情，浓浓的怀念之情融汇其间，从而达到用写景衬托抒情的目的。 另外，全诗没有任何华丽、晦涩的词句，清新、流畅的修辞犹如徐徐的和风轻柔地吹拂着每一行诗。这充分地体现了诗人"使诗歌语言更清晰、更生动"的思想。

（谢卡尔）

夏　夜

帕　斯①

吹乱了星星的轻风，
沐浴在河中的，
夏季地的嘴唇口的气息，
请你摸一摸夜的身体。

嘴唇的土地，
一座垂死的魔鬼在那里喘息，
天在嘴唇上下雨，
水在歌唱，诞生了天堂福地。

夜树烈火熊熊，
木片儿就成了繁星，
是小鸟，又是眼睛。
梦游的河，奔流不停，
炽热的盐舌，
在昏暗的海滩抗争。

一切都在呼吸、生活、奔流不停，

① 帕斯（1914—1998），墨西哥诗人、散文家。 1981 年他获得了西班牙颁发的塞万提斯文学奖，被誉为是"继聂鲁达之后在拉美诗坛上升起的又一颗明星"。 他的作品主要有：《野生的月亮》《人之根》《石与花之间》《在语言下面的自由》《太阳石》《东山坡》等。

光芒在于颤动，

眼睛在于空间，

心脏在于跳动，

夜晚在于它的无有止境。

一个无垠的起源，

在夏夜里诞生，

在你的瞳孔上诞生了整个天空。

（赵振江　译）

【赏析】

这首诗给人最深刻的印象首先是夏夜之昏暗，之压抑，仿佛"垂死的魔鬼"一般。这幅景象可以说就是作者所生活的当代世界在他的头脑中的印象。对现实生活的不满，再加上受到古希腊和德国哲学的极大影响，使得奥克塔维奥·帕斯对未来失去了理想，内心十分痛苦。生活在苦闷之中的诗人时常感到在夏夜之下的窒息。然而帕斯并不一贯地感伤，因为毕竟还有"炽热的盐舌／在昏暗的海滩上抗争"，它像警钟一样唤醒了具有强烈的社会责任感的诗人的良知，促使他去完成自己应尽的义务。所以在浓重的伤感的同时，我们依然可以感到作者对大地上一切美好真情的事物所怀有的一腔温情。虽然夜色茫茫，但他坚信"一切都在呼吸、生活、奔流不停，"甚至模模糊糊地预感到黑夜会过去，世界也许会有一个崭新的明天："一个无垠的起源，在夏夜里诞生。在你的瞳孔里诞生了整个天空。"

在形式方面，帕斯在这首充满象征、寓意的诗歌里实践了自己的理论。所以在他的诗里就出现了由自由自在的遐想而产生的"沐浴在河中的夏季"、"嘴唇的土地"以至"夜树"、"盐舌"、

"在你的瞳孔上诞生了整个天空"等形象。 正是这些词汇将我们带进了诗歌的魔幻的世界。

这首诗的象征意味极浓,具有典型的象征主义诗歌的特征。 诗人所使用的意象新奇、突出,句与句之间的联络、段与段之间的联络都具有间断性。 这些技巧的运用使夏夜这个充满迷乱、热情与神秘的时间与空间历历在目:"吹乱了星星的轻风/沐浴在河中的夏季/地的嘴唇/口的气息/请你摸一摸夜的身体。"诗的开头就以极富想象力的段落为全诗奠定了象征的基调。 这几句语言优美、娴熟,充分显示了帕斯的艺术功力和在诗歌方面的天才。

整首诗的格调是一种迷乱与昏暗的感觉,这无疑可以看作是帕斯自己对人生、宇宙万物等的迷惘的情绪的反应,这种反应被诗人准确地捕捉便准确地表达了出来。 诗人面对的是一个无垠的宇宙,无始无终,他认为一切融于了这之中都变成了一种无法捕捉的东西,"一个无垠的起源/在夏夜里诞生。 /在你的瞳孔上诞生了整个天空。"这的确带有了玄学的色彩,因为诗人以这种"万物皆为佛"的顿悟色彩极重的诗句结束了此诗。

(言喻董瑾)

等着我吧……
——献给 B. C.

西蒙诺夫①

等着我吧——我会回来的。

只是你要苦苦地等待,

等到那愁煞人的阴雨,

勾起你的忧伤满怀,

等到那大雪纷飞,

等到那酷暑难挨,

等到别人不再把亲人盼望,

往昔的一切,一股脑儿抛开。

等到那遥远的他乡,

不再有家书传来,

等到一起等待的人,

心灰意懒——都已倦怠。

等着我吧——我会回来的,

不要祝福那些人平安;

他们口口声声地说——

算了吧,等下去也是枉然!

纵然爱子和慈母认为——

---

① 西蒙诺夫(1915—1979),苏联著名作家。 卫国战争期间创作了大量诗歌,收入诗集《前线诗抄》和《悲欢离合》中。 1959 年到 1971 年,西蒙诺夫创作了《生者与死者》三部曲,1974 年获列宁文学奖金。

我已不在人间，

纵然朋友们等得厌倦，

在炉火旁围坐，

啜饮苦酒，把亡魂追荐……

你可要等下去啊！

千万不要同他们一起，

忙着举起酒盏。

等着我吧——我会回来的。

死神一次次被我挫败！

就让那不曾等待我的人，

说我侥幸——感到意外！

那没有等下去的人不会理解——

亏了你的苦苦等待，

在炮火连天的战场上，

从死神手中，是你把我挽救出来。

我是怎样死里逃生的，

只有你和我两个人明白——

只因为同别人不一样，

你善于苦苦地等待。

（苏　杭　译）

【赏析】

抒情诗《等着我吧……》是西蒙诺夫诗歌创作的代表作品。 这
首诗在《真理报》上一发表，马上风行全国，各地报刊纷纷转载，
前方后方争相传诵。 不少人把它剪下来，珍藏在怀里，许多作曲家
把它谱成了歌曲。

这首诗表达了前方战士和后方人民忠于爱情、忠于祖国的深厚感情，和必能战胜敌人重新团圆的坚强信念。作者以朴实的语句、真挚的感情，唱出了战斗在前线和后方的千百万苏联男女的心声。当祖国危亡，亲人离散，这"等着我吧"的声声呼唤，在人们的心灵深处激起了强烈的共鸣；而"我一定要回来"却是离散的人们的共同愿望和心声。在这里，个人的生死，亲人的聚散，都和祖国的存亡紧密交织在一起，因此，"我一定要回来"和"苦苦等待"不仅表达了爱的坚贞，而且包含着战胜强敌的坚定信念。这首诗音律铿锵，流畅自然，感情浓郁，十分含蓄而又耐人寻味，不愧为一部优秀的抒情诗作。

第一段先是层层缕述亲人苦等苦熬的季节变化（愁煞人的阴雨——大雪纷飞——酷暑难捱），这是中外抒情诗广泛运用的烘托渲染手段，勾勒出一幅幅画面，一个个情景。

第二段是第一人称的"我"的千次叮咛，万般嘱咐，用以反衬"你"的"苦苦等待"的坚贞意志和信念。这是"我"和"你"的"相濡以沫"和相互激励。这里设想了好几种足以动摇"你"的信念的情况：有人说等下去也是"枉然"，慈母和爱子也认为"我已不在人间"，朋友们。啜饮苦酒，把亡魂追荐"。至关重要的是"你可要等下去啊！"点明了等待可以迸发出力量，点燃起希望。

第三段着力抒发了等待保证了胜利的主题："亏了你的苦苦等待，／在炮火连天的战场上，／从死神手中，是你把我挽救出来。"

亲人等待胜利的明天，战士平添无穷的力量，冲锋陷阵，勇往直前，克敌制胜，载誉归来，这就是这首诗的主题线索。

这首诗传入我国的时候，日本帝国主义的铁蹄正蹂躏着我国的大片领土，饱经离乱的中国人民一读到它，立即产生了强烈的共鸣。　我国著名文学家茅盾曾为这首诗所感动，准确地指出了这首诗的艺术感染力："这一首诗写于 1941 年，正当希特勒军队疯狂地直扑苏联，正当英雄的苏维埃战士离别了父母妻儿拿起武器走向火线，正当老弱妇孺从前方撤往完全的大后方——是的，正当这样整个国家的人民都尝着生离死别的苦味的时候，这一首诗出现了；这一首诗里没有回忆过去的甜蜜，没有诉说现在的苦难，但是洋溢于全篇的缠绵悱恻的'等着我吧'的声音，却深刻表达了那明了自己的使命、自己的作战任务的苏维埃战士如何坚定不移地抱着胜利的信心，以及对于祖国、对于亲人们的挚爱！这是伟大的苏联人民的心声，借了西蒙诺夫的诗人之笔而向世界宣告。"

（水天明　吕继军）

无神论者的祈祷

埃马努埃尔①

我的眼我的手就是我的整个王国，
我的眼我的嘴我的手掌心，
都听我的使唤，
在那黑夜白天像幽灵在我眼前闪现，
我对风讲话却对内心默然，
在我的掌心里啜饮了一弘青天的我，
只是和我保留住的内在的东西相联。

我不再懂得在"无"上，
伸出抽搐的手指，
我睁开的双眼烧焦了自己的眼帘，
逃离我的是我的唯一的财产，
当我对它心满意足时它已消失不见，
我的舌头干得要命，
把它濡湿了也是枉然，
刚说了一句话它就化成了光线，
那么让我做一个可怜的修女吧！
让饥馑的人们把奶头伸给她吧！

---

① 埃马努埃尔（1916—1984），法国当代著名诗人和批评家。 他早期的作品有《哀歌集》《奥菲的坟墓》等。 德国占领期间，他发表《愤怒的日子》和长诗《自由颂》，以慷慨的激情号召法国人进行不屈的斗争。 二次大战后，他转向一种带有神秘主义色彩的语言的探索。 他的诗作中揉进某种道家和禅学的思想，比较玄妙和空灵，但也有不少耐人寻味的诗作。

我不断地在我希望的事物中死去，

但这种因死亡而死的死亡，

却保留住了我，

我的谜呵，虚无呵，把我照亮，

在这一点上做人和做上帝是一个样。

（葛　雷　译）

【赏析】

这首诗译自 1961 年出版的诗集《福音书》，是埃马努埃尔后期诗歌中的代表作。

诗人是一位宗教诗人，但他这首诗的标题却是《无神论者的祈祷》，这是一种思想上矛盾的表现。这首诗中所表达的思想完全接近道家甚至禅学思想。

手眼即我，我即非我，非我即我，我无常我，只是死了以后才留下一个真我，而那时的真我已是真正的非我了。财产如过眼云烟，希望只是导致死亡，财产只是一时的安慰，到头来一切皆无，一切皆空。圣徒也要食烟火，人和上帝都一样。世上只有谜最明显，只有虚无最实在，生即死，死即生，生而无我，死而我常驻，常驻又即非我……

诗人所萦怀的是一种对万事万物欲说还休，欲休又不忍的生与死的反思和追究。终于以东方的宗教观同基督教的教义相融合，形成的一种无神论——新的宗教观念，这种观念就是照亮人类的忧患思虑的神秘火把。它对西方的精神危机可能是一剂补药。

全诗有一种幽默感，悲戚感和超脱感。与他战争期间高亢的哀歌和颂歌体的战斗诗章大异其趣。诗人的妻子是中国人，他的宗教观的向东方靠拢可能与此有点关系。

（葛　雷）

诗，一个自然的东西

邓　肯①

无论罪孽或善德，
都无法促进诗。
"它们自生自灭，
像山岩四季的变幻。"

诗，
用思想、情感和涌动的心绪，
抚育自己，
精神的紧迫感在昏暗的阶梯上跳跃。

这种美是内在的坚韧，
趋向泉源，
竭力抗拒（在内心世界）江流的狂泻，
在初生的大地上，
迸发原始的澎湃——
我们倾听，我们回答的召唤。
浪涛中会诞生年轻的世界，
鲑鱼不在榛子飘落的井里生息，

---

① 邓肯（1919—？），从小喜爱诗歌，在伯克利加州大学读书时，开始发表诗作，一生结集三十余部。上世纪四十年代末，曾作为"旧金山文艺复兴诗歌运动"的代表人物活跃于诗坛。五十年代初，应黑山派诗歌领袖奥尔森之邀到北卡罗那黑山学院任教，从此成为黑山派诗歌的重要代表。

却在瀑布下搏击，
悄声、盲然。

一幅与心灵和谐的图画。

又一幅：斯塔伯斯的麋鹿，
去年华丽的鹿茸，
落在地上。
而寂寞的鹿脸之诗生出，
鹿茸的新蕾，
与往昔一样。

"有点沉重，有点造作"，

仅有的美，
他是真正的麋鹿。

（佚　名　译）

【赏析】

这是一首以诗歌形式写成的诗论。它不是用概念，而是用形象表达诗人对诗情的认识，表达他对艺术与生活相互关系的看法。

诗歌是怎样产生的？邓肯认为诗歌本身具有独立性，社会生活中的意识形态与诗歌无涉，不是一种观念的产物，也不受思想意识的控制，"无迹可求"，自生自灭。这种看法与荣格对艺术创作是"自主情结"的流露这一看法是一致的。

诗歌具有自身的独立性，其产生的源泉和创作过程就不是对社会生活产生反应的简单公式。邓肯用形象的诗句描述了诗情的产生，在第二节里用了三个概念：思想、情感、心绪。 这是诗人内在的精神世界，而诗情孕育其中。 在朦胧的意识深处涌动的诗情，促使着诗人内心的思索，拨动着心弦。 它是难以捉摸的，但诗人能够感受到它的存在。 一旦这种体会成为一种精神的紧迫感，也就有了诗。

在第三节诗里，诗人进一步描述诗情，在他看来，诗情不是情感的自然流泻，不是情感的客观物化，而是对情感的回味、揣摸和思索。 诗情循着情感的巨流追寻情感的源泉，与情感形成力的激烈对抗，造成内心世界的冲突，只有在这种思索与自然情感的对立中，才能产生真正的诗情。 因此，诗歌必定是探索情感源泉的结果，是对心灵深处的探索和发现的回答。 诗人进一步以鲑鱼的形象为诗情的产生描绘了一幅生动的图画，说明它出自不平静的精神世界，出自对内在世界不懈探索的过程之中。 在此之后，诗人另起诗行，阐明诗情与心灵的和谐正是这种激烈对抗，而不是静谧安闲的情调。 这句独立的诗行也在整首诗中起着上下承接的作用，诗人从诗情的产生转入对艺术效果的思考。 在前一节诗里，他描绘了鲑鱼在瀑布的冲击下搏击的情景，给予读者一幅鲜明的画面。 与此形成对比，诗人再现了英国画家斯塔伯斯笔下的麋鹿。 这幅画以细腻的笔触和生命意识的内涵而著称文坛，但在诗人看来，斯塔伯斯的这幅作品弥漫着人为的自然气息，因而从诗情的本质和源泉这一点来说，鲑鱼的画面是真实诗情的再现，其艺术效果显然更具魅力，更符合艺术的本原。 而麋鹿的画面只有形体的真实值得赞美，缺乏诗情带来的艺术感染力。

诗人引进绘画艺术作为阐释的例证，表现了他对诗的看法不仅仅拘于艺术的类别和体裁，而是从诗情的探索出发，进而涉及艺术的根本规律，他的所谓"诗"，也就不再是一个狭义的概念，而是指广义的艺术。

在世界文学史中，以诗论诗是一个普遍的文学现象，涌现了许多著名的诗论，邓肯的这首是其中的名篇之一。 议论而不失诗味，以形象介入理论的思考，力求在思考中注入艺术的感染力，是难能可贵的。

（刘晨锋）

春暖花开

狄　布①

朝霞显露，

一幅鲜血画成的风景，

耸立在我面前。

可是嗓音歌唱又歌唱，

歌唱和飞翔在山顶之上，

在流亡、悲哀和苦难的边缘。

周围只有风儿与冰雪，

和致命的风暴。可是嗓音，

歌唱道，流放不会长久。

薄荷花重又会开放，

棕榈树将带来果实，

我们的痛苦将结束……

啊，怀着忧伤的心灵的姑娘，

你在血淋淋的冬天歌唱，

① 狄布（1920—？），阿尔及利亚诗人、小说家、剧作家。 其诗想象奇特，善于将象征、讽喻与心灵的开掘和北非独特风情相交融，如诗集《守护的阴影》《格式》等。

诉说春暖花开的时光。

（汪剑钊　译）

【赏析】

这是一首在苦难中憧憬未来的诗篇。面对"风儿与冰雪，和致命的风暴"，诗人没有"悲哀"和"忧伤"，而是豪迈地"飞翔在山顶之上""歌唱又歌唱"。因为他坚信：这"鲜血画成的风景"，只不过是"苦难的边缘"，"痛苦将结束"，百花盛开，果实累累的繁茂美好，必将取代"血淋淋的冬天"。诗人用诗的语言歌咏了对殖民主义统治的轻蔑，对民族独立、国家解放的追求和向往。诗人将春暖花开作为诗歌的中心意象，把情和景融于一体，使这首原本带有浓烈政治色彩的诗作，别有一种情神灵活的气韵，一种隽永会心的情味。

（齐　祁）

如果没有可靠的朋友

加姆扎托夫①

"童女般的小溪不见了,哪儿去了?
她曾在山乡牧场边汩汩地流淌。"
"童女般的小溪从草原上消失了,
只因没有可靠的朋友在身旁……"

"鹿,自豪、幸福的鹿哪儿去了?
村村寨寨曾交口称誉他的力量!"
"他陷入了伏击圈,他完了,他完了,
只因没有可靠的朋友在身旁……"

"是谁折毁了白杨葱茏的树叶?
它们曾那样矫健婀娜沙沙作响。"
"风雪折的,狂飙摇的,
只因没有可靠的朋友在身旁……"

"远行归来,你干吗愁容满面,
朋友,什么心事令你惆怅?"

---

① 加姆扎托夫(1923—?),俄罗斯联邦达吉斯坦自治共和国阿瓦尔族抒情
诗人。 1943 年出版第一本诗集《火热的爱与强烈的恨》。 1952 年由于诗集《我出
生那年》(1950)获斯大林奖金。 1963 年由于诗集《高空的星辰》(1962)获列宁
奖金。 作品具有鲜明的民族传统色彩,且多以爱情为主题,因而有"爱情的歌手"
之称。

"旅途中我曾一再陷入困境，
只因没有可靠的朋友在身旁……"

"为什么你闷闷不乐呀？"
他这样回答，用目光：
"我看不见可靠的朋友在身旁……"
"为什么你的歌声风雪呼号般地凄凉？"
"不知为什么不见可靠的朋友在身旁……"

"是什么奇迹帮我幸免厄运的摧残——
虽有痛苦、艰辛交加在我的身上？……
我的幸福全靠朋友相伴，
可靠的朋友无时不在我的身旁！"

（王乃倬　译）

【赏析】

加姆扎托夫的许多优秀诗篇都凝聚着哲理，表达了他对人民、对社会、对生活中重大问题的思索。诗人视野宽广，思路纵横，深于立意，善于在眼前的细小景物中表现出深刻的真理。"童女般的小溪消失了""自豪、幸福的鹿陷入了伏击圈""白杨葱茏的树叶折毁了"……这是什么缘故？"只因为没有可靠的朋友在身旁……"诗人借助对自然界朴素现象的描绘，告诉人们一个深刻的道理："旅途中我曾一再陷入困境，只因为没有可靠的朋友在身旁""我的幸福全靠朋友相伴"。

这首诗把抒情和哲理有机地结合到了一起。既有典型塑造，又有哲理思考，是加姆扎托夫抒情诗的突出优点之一。

这首诗一问一答的形式，句末诗句的重复显示了和谐的韵律，可以说是用朴素的诗句表达出来的音乐，优美动听、舒展自由，是诗与音乐的统一。

（傅之锋）

捕　捉

爱德蒙①

我见三个人，

面对大海，

坐在长椅上说笑——

三个矮小狡黠晒黑的法国人，

说到趣处，

像有交叉的闪电，

舔过他们。

在时间永恒的嘀嗒声中，

此情此景决不会在以前发生。

至少不似这般，不尽相同——

靠海堤那人，

穿宽松的旧夹克，

腰扎饰带，

有个黑指甲盖，

裤膝上露个窟窿，

——以此为证。

（杨国斌　译）

---

① 爱德蒙（1924—？），新西兰诗人。 少女时代就写诗，但直到 1975 年才开始发表诗作。 1975 年出版的第一本诗集《在中空》，获新西兰最佳处女作奖，使她一举成名。 此后她以饱满的热情和强烈的紧迫感创作不辍，在十年内出版了八部诗集和不少剧本、小说、文学评论文章等，成为当今新西兰的重要诗人。

【赏析】

《捕捉》是劳丽丝·爱德蒙同名诗集的篇首诗。 此诗似乎简单明了。 诗人只是将她海边所见做了平铺直叙的描写。 其语气之轻松，用词之随便，题材之普通，给读者以随意道来之感。 但诗人透过日常生活情景所揭示的却是人生的哲理。 颇有神秘色彩但意蕴丰富的标题"捕捉"，概括了这一人生的哲理，有画龙点睛之妙。 那么诗人要捕捉什么呢？ 当然不是几个法国人的举止和衣着。 诗人要捕捉的是日常一景所表现出的时间的瞬息之间的变化。 时间相隔几秒之差便各不相同，悠悠天地和人世之变迁便可想而知。 诗人用以捕捉这一人生真谛的手法也极巧妙。 干脆简练的语言使此诗像一个抢拍的镜头，将瞬间万变的时间摄入永恒的艺术之中。 具体生动的意象又使它像一幅速写，巧妙地记下了生活的瞬间所表现出来的意义。

谈到爱德蒙的诗歌，联邦德国的约瑟夫·斯旺博士曾说："劳丽丝·爱德蒙所关心的是生活中瞬间的运动和力量……这种力量就在于事物的日常轮廓之中。"

费奥娜·弗·普尔认为《捕捉》是爱德蒙的典型作品。 她说："即使你读到这首诗时它没有署名，你也能猜到它的作者。 它具有诗人的许多作品所拥有的那种即兴摄入的特点。"

凯·奥·阿维德森认为该诗具有双重意义。 其一是诗人捕捉一个生活小景——三个法国人在海边说笑。 其二是这一生活小景马上又使诗人意识到情景之外的更深的意义。

（杨国斌）

诗人的誓言

昂堪·甘拉亚纳蓬①

我把天扯过来盖好，
我把星光当饭咀嚼。
天空的露珠为我解渴。
诗人啊，你早！

我的心是一块无形的墓地，
魂魄神游梦想之国的天涯海角。
我约请天堂的仙人来到世界，
为苍穹带来快乐，安慰沙砾、野草。

世界激荡着湍急的水流，
诗篇是拯救灵魂的号角。
生命也许不能永久存在，
我的心却向天神挑战，奔走呼号。

我的尸体或许在烈焰中焚毁，
我的诗稿却不会雪化冰消。
今生死亡会来生转世，

---

① 昂堪·甘拉亚纳蓬（1926—？），泰国当代著名的浪漫主义诗人。其作品内容以讴歌大自然、讴歌理想、针砭时弊、反映社会生活为主。诗人长于直抒胸臆，且语出惊人。在诗歌形式上，他不拘泥于旧有程式，而是大胆创新，独具一格。

魂魄啊，会在天庭彩虹中逍遥。

我的诗篇会驱走寂寞，
天堂的骤雨会把酷热赶跑。
心里梦想着另一世界，
今生的名声会把来世的声誉带到。

我愿意抛弃我的生命，
以换取新事物的美好。
让诗篇具有最神圣的威力，
我愿意从天空降下，永远和它一道。

（栾文华　译）

【赏析】

作品以诗人所特有的激情和丰富的想象力讴歌了"诗"，表达了诗人愿为"诗"和世间一切美好事物而献身的崇高理想。

开头两节，作者以极其大胆的想象勾勒出一个奇妙、浪漫的境界：诗人扯天做被、嚼星为食、饮露当水，魂魄遨游天国，请来仙人下界，为人间带来欢乐。实在是气魄恢宏！从中，我们也可以体味到诗人的高洁豪放和他那一颗忧国忧民之心。

第 3 至第 5 节是对"诗"的赞美和讴歌，同时寄寓了诗人的理想。"世界激荡着湍急的水流"，喻人间情事多蹇，灵魂堕落，罪恶滋生，而诗篇便是"拯救灵魂的号角"。因而，诗人为了它，不惜牺牲一切，甚至敢于"向天神挑战"，即使尸体"在烈焰中焚毁"也处之泰然。这一方面显示了诗人正义在胸的大无畏气概，另一方面也是因为诗人是一个佛教徒，笃信生死轮回、因果报应之说。他相信，他的诗是纯洁的、永恒的。他的诗篇不但"会驱走寂寞"，而且来世会把声誉带给他。 这种坚定的信念正是激励他不懈地追求的根本动力。

诗的最后一节点明了诗题——诗人的誓言："我愿意抛弃我的生命，／以换取新事物的美好。 ／让诗篇具有最神圣的威力，／我愿意从天空降下，永远和它一道。"这里，诗人之魂与诗魂巧妙地融合为一体。 诗人虽则清高，他的魂魄却并不甘心于飘忽天际、享受那"天庭彩虹中"的"逍遥"。 他最终的愿望还是回到现实的土壤中来，以诗为伴，与诗为伍，献身于理想，献身于他所憧憬的另一个世界。

（裴晓睿）

书的大地

雷　达①

最后一批火箭夺走世界后很长时间，

我们房屋废墟的各个隐蔽角落，

将只有书本留在地球上，

守护几十亿的尸首。

书里几十亿字，它们曾阅读我们的眼睛。

到那时，几十亿只字眼睛，

还会想再看，到什么。

字眼是否把睫毛变成森林的气息，

在重新陷入寂静的大地上？

大海也许还记得我们腿脚的拍打，

风也许还记得俄底浦斯赤身，

走进姑娘们围成的圆圈。

哦，沉睡的树上的美人——光明，

必将在瞬间逃去，就像闭一下眼皮那样；

摘掉光焰头盔的太阳，

看到自己不再移动的两只脚之间，

有一滴泪水落下。

谁也听不到诗人那根看不见路的瞎棍，

正触到荒废了的门槛的石块边上，

---

① 雷达（1929—?　），活跃在20世纪后半叶法国诗坛上的诗人。 1985年，他荣获"巴黎诗歌大奖"。 其主要作品集包括：《职业的麻烦》《热灰》《阿门》《咏叹调》等。

不健全的诗人他已在碰壁。

可曾几何时，当我们要到你们眼皮下去玩耍，

不信邪的星星呵，

诗人他还在我们前面带路呢。

（王　光　译）

【赏析】

雅克·雷达的诗歌具有时代特征。法国现代诗歌专家塞尔热·布兰多在谈到战后法国诗人特征时写道："人是充满诗意地生活在这个地球上。毋庸置疑，诗人和哲学家今天都一致承认这一点。然而还应该以更谦卑、更踏实的态度强调一点：诗人他是身居大地的人——这大地上，梦想用泥土和鲜血滋养着自己。"这段精彩的议论，不仅有助于我们理解雅克·雷达，而切特别能够与"书的大地"这一诗题的涵义相通。

"最后一批火箭夺走世界后很长时间"——《书的大地》从第一句开始，就让动态形象说话，显示出诗人有极其丰富的想象力。这种特色一直保持到结尾。诗中的每一相对完整的情境总是以离奇想象开始，以深刻寓意告终。全诗从世界末日的幻影过渡到书本的幻影，再从书本的幻影过渡到自然界的幻影，最后又过渡到人类的幻影。通过这样一个过程，诗人导演了一场既浪漫又严肃的幻景剧。让读者随剧中角色们一起，在人类毁灭的时代重温自己美好的过去（即我们的今天）。这种类似古希腊神话，不受现实约束的手法具有"永久的魅力"；而那种让人们提前感受未来的方法，那种提前怀恋的做法，则以能唤起好奇心的优势，引人们进行不寻常的深思：你必须而且必然认真思索，从所有生动逼真的形象里找到能令自己满意的某种"寓言"。

诗人出生在20世纪20年代末，经历了第二次世界大战的严峻

岁月，目睹了战争给人类带来的灭顶之灾。 严酷的生存环境，直接影响着诗人的"人类命运"观，促使他创作出这样一首犹如"美妙的警钟"的作品。 战后相当长一段时间里，"诗歌正进入这样一个阶段，它必须扪心自问，它因此自我消除着神圣性，有时甚至是在自动毁弃，它寻求在自己与读者之间引入新型的关系……在诗歌刚刚进入这个阶段的时候，让我们听一听雅克·雷达的声音吧。 那声音从遥远的过去时代传来，仿佛是人类的记忆在低声自语"。

（王　光）

情感的故事

斯特内斯库①

我们相会的次数越来越频繁。

我站在时间的一端，

你站在另一端，

仿佛是尖底陶瓷的两只提环。

只有飞翔着的词句，

往返于你我之间。

词句卷起了隐约的旋涡，

突然，

我单膝跪倒，

用臂肘支撑地面，

为了察看跌落的词句，

是否像奔跑着的雄狮，

把野草踏弯。

词句回旋着，不停地回旋，

往返于你我之间。

我越爱你，它们越是，

在隐约可见的旋涡中，

---

① 斯特内斯库（1933—1983），罗马尼亚诗人，生于普洛耶什蒂。 1957 年于布加勒斯特大学语言文学系毕业后曾任《文学报》诗歌组编辑，倡导诗歌革新运动。 在他的带动下，罗马尼亚诗坛自 20 世纪 60 年代起逐步突破模式化的束缚，出现繁荣景象。

使物质的原始结构再现。

（冯志臣　译）

【赏析】

这篇作品选自诗集《情感形象》（1964）。情感是精神产物，可是它在斯特内斯库的诗歌天地里却可以幻化为有形物质，可以触摸，可以运动。同样，物质的东西也可以非物质化。在异乎寻常的诗歌空间和时间里，自然界的各种规律已经失去效用，支配想象的是另外的法则。无所不包的大千世界在他的作品中重新组合，新的凝聚力促成了新的诗的意境。

"我站在时间的一端，你站在另一端，仿佛是尖底陶瓮的两只提环"，通过这一组诗句，斯特内斯库把我们带入了该诗的特定时空。交流情感的双方各居时间的一端，这是抽象的比喻，可他们又酷似趴俯在古希腊尖底瓮两侧的提环，这是实在的形象。由于时间和空间的阻隔，他们要想见面是不大容易的，这层意思似乎与首句相悖。那么，他们是怎样频繁相会的呢？答案是通过"飞翔着的词句"。这里，诗人所指的语词已经不再是传统意义上的语言成分，它"一半是时间，一半是物质"，既是情感的载体，也是构筑诗歌的材料。语词物质化了，它们可以在有情人之间往返飞翔，在空气中激起旋涡。为了进一步描绘情感载体——语词的形象，诗人又用简洁明快的笔法叙述了琅琅词句滚落地面的精彩场面，那情景恰似在田野上奔跑的雄狮踏弯了青草。语词的形与声顿时展现眼底，传诸耳畔。末尾一段把"情感故事"推向高潮，在爱的强大引力的作用下，回旋的词句仿佛不停运动的原子，变得异常活跃。

（冯志臣）

世上每个人都特别有意思

叶甫图申科①

世上每个人都特别有意思，
他们的命运就像行星的历史。
每颗星有自己独有的一切，
星际再也没有类似的世界。

如果有人一辈子都很平凡，
而且和平凡生活相处甚安。
那么他的这种不引人注目，
正是他在人间的有趣之处。

每人有他个人的神秘世界，
这世界有它最美好的时节，
这世界也有最可怕的瞬息，
可是这都不会为我们知悉。

如果一个人死去，与世永诀，
随着他，死去了他的第一场雪，
他的第一个吻，第一场战斗……

---

① 叶甫图申科（1933—2017），俄罗斯诗人。 1949 年开始发表诗作。 他的诗题材广泛，富有抒情性与政论性，既写国内现实生活，也干预国际政治，代表了苏联时期批判"个人崇拜"后的社会思想情绪。 主要诗集有《未来的探索者》《承诺》《柔情》《早晨的人们》等。

这一切都将被他随身带走。

不错，留下了桥梁留下了书，
留下了机器留下了画幅，
不错，有不少东西留在人间，
但总还是有东西一去不返！

这就是这场残酷游戏的规律，
并非人死去，而是世界死去。
我们记得这些有罪的凡人，
可我们何曾当真了解他们？

我们何曾了解兄弟了解知己，
我们何曾了解唯一的爱侣？
哪怕是对我们自己的家父，
我们所知虽全，所知等于无。

人们一一离去……不可挽回，
他们的神秘世界都永不复归。
就因为这一切的一去不返，
每次都逼得我要放声呼喊。

（飞　白　译）

【赏析】

《世上每个人都特别有意思》是一首带有深刻哲理的抒情诗，
作于 1961 年。 诗的第一节就明显地表现出，叶甫图申科这位诗人与众不同，"特别有意思"，他独特地以"行星的历史"来比喻"人的命运"，以星际各不相似来比喻人各有所长，各有自己的特点，各有自己的世界。

第二节诗中，诗人以第一节诗所表现的思想为基础，又提出了伟大与平凡的关系问题，提出了普通人的价值问题，认为平凡的普通的人们伟大之处就在于平凡、普通。他们在平凡和普通之中获得了自我价值的实现。可谓是平凡中见真奇。

在接下去的三、四、五节中，诗人阐述：人各有各自的存在价值，也各有各自的秘密世界，即丰富的内心生活，有自己的痛苦，有自己的欢乐，有"可怕的瞬间"，有"美好的时节"，有属于自己"初吻"和"初雪"。人的价值在于他本身，他所创造的艺术品（画幅、著作）建筑物（桥梁）等只是他的自我的部分的表现，而更多的属于他内心的东西却要被他随身带进坟墓。

最后几节，诗人进一步说明人们的内心世界只属于自己，永不被别人所知，这秘密的内心世界随着个人的消逝而消逝，永不复归。结尾两行"就因为这一切的一去不返，／每次都逼得我要放声呼喊"，说明了高声派也重视人的内心世界，只不过是抒情的方式不同，不是低声吟咏，而是"放声呼喊"。

读罢全诗，我想起了俄国著名作家陀思妥耶夫斯的一句名言："我们当中每一个人身上都有一个完整的世界，在每一个人身上，这个世界都是自己的，特殊的。"从主体的内部活动来看，每个人都是不可代替的，个人是不可能重复的。各人有各人的价值，各人有各人的世界，因此，我们在艺术创作中，要力求揭示不同的个人世界的秘密，不能千篇一律；在继承文学遗产中，我们不能简单地全部肯定或全部否定，而应辩证地认真地分析研究，去其不良，汲取精英；在现实生活中，我们既要注意主体的外部活动，也要注意主体的内部活动，全面地实现和发展人的本质力量；既要尊重自己，也要尊重别人，特别是尊重那些平凡、普通的人，——这或许就是叶甫图申科这首《世上每个人都特别有意思》给我们的启示。

（吴德艺）

等待杜甫

格林德里①

你知道蜀道难，
杜甫。李白说：
难于上青天。然而，
当华清宫的灯火熄灭，
你却向南方长途跋涉。

于是，白发苍苍，
孤寂地住在锦城郊外的草堂。
你的心随浇灌着鲜花的小溪漂流，
融进岷江山谷，
汇入深嵌山峦的扬子，
一泻而出，直向东海。

从十四岁起选择了漂泊，
经历了这样的生涯：
哀叹浪迹山林、无家可归的生活。

难道来自西南的骚扰使你惊恐，

---

① 格林德里（1935—? ），出生于美国堪萨斯州西部奥克莱的一个小村庄里。 1982 年，他把自己诗作中关于中国的诗歌结集出版，名为《中华人民共和国日记，1982 年 6 月》，凝聚了对古老中国和现代中国的遐思。 此后，他怀着对中国的浓厚兴趣，多次访问中国，并在中国任教，创作了大量诗歌，结集为《中国散记》。

启程东去，离开蜀地的草屋？
为何舍弃了果园农庄？
为何怀念中原，
却漫步南国的洞庭？夹江两岸，
怎样牵动着你的脚步？

无奈回长沙，你的身躯，
半个世纪前已腐朽，
你的后代讨来钱和墓碑，
收殓起尸骨，移葬在偃师，
一个砖砌的坟墓。

每天，我在门前等待你，
鬓发斑白，气喘吁吁，
为妻儿寻觅栖身之地。
大米、酒、一个地方、一卷坚实的纸，
记下你千年的，
艰辛、愉快的旅途。

（刘晨锋　译）

【赏析】

格林德里对中国文化具有极为浓郁的兴趣，他写下的有关中国的诗歌，常常是在精确的描述中融入想象，体现他的学识和想象力。这首诗即其中之一。

诗歌从安史之乱开始，追寻着中国唐代诗人杜甫的足迹，描述了他"漂泊西南"的生活经历。寄托了作者对这位诗圣的缅怀之情。

诗人从李白的名句开始飞驰历史的想象，接着以比喻之词点出安史之乱的历史背景，社会的动荡和跋涉的艰难，为杜甫的漂泊生活敷设出真实的历史背景。

诗歌的第二节描述杜甫在草堂栖身的不平静心情。孤独的杜甫身居草堂，天地狭小，然而却怀着一颗壮烈的雄心。格林德里把诗人的情怀和逐渐汇集的奔腾水流糅合在一起，浩浩荡荡进入阔大的海洋，使人深切地感受到古代诗人壮阔的心胸。

从草堂生活的孤寂和诗人情怀的激荡中，格林德里回味着诗人的矛盾心情，他以一颗体察入微的心探索着诗人的内心世界。"浪迹山林"的漂泊生活既是诗人自己的选择，也是他深深的悲哀。这里的笔触是很细腻的，选择和悲哀并不是对立的，作为诗人，杜甫选择了自己的生活方式。他所悲哀的不是这种生活方式，而是国家危难、社会动荡造成的无家可归，只得栖身异乡的生活境遇。

诗歌的第四节描述杜甫离开草堂后的漂泊生活。格林德里用连续的疑问句表达了他心中的困惑。漫长的时间使历史的真实笼罩上一层迷彩，使因果的简单关系变得模糊。格林德里曾不断地揣摸着古代诗人的精神世界，希求找到一个答案。在他的这首诗歌里，凝聚了他真诚的追求和哲人般的困惑。

第五节诗描述的是诗人死后尸骨还乡的史实。漂泊的生活使诗人没有活得更久，客死他乡，被草草埋葬，几近为人所遗忘。但他的后代为了了却诗人的心愿，在贫寒中设法收敛起遗骨，移葬到诗人的家乡，魂归故里，虽然没有与诗人英名相称的归宿之所，但也是一个是以告慰后人的安居之地了。

最后一节诗跨越了历史的巨大间隔，把过去和现在紧紧联系起来，显示着格林德里的想象世界。在他的眼里，诗人之魂仍如同十四岁开始选择的那样四处漂泊，因此怀着希望期待着诗人的到来。

诗圣杜甫依然旧貌未改，为生活所困扰，依然怀着不倦的诗情，渴望诉说自己为生活所激起的万千思绪，诉说漂泊中的喜怒哀乐。

格林德里对杜甫有较为精深的研究，因此能在对诗人漂泊生活的描述中展现生活的真实。他的想象并非纯粹的主观印象，而是循着史实，在客观真实的描述中展开翅膀。第二节诗中水流的描写，从岷江到扬子江，再到东海；第四节中关于杜甫在洞庭一带漫游的大致行踪的描写；还有第五节杜甫后人移葬尸骨的故事，都是与历史真实紧紧联系在一起的。

这首诗歌具有明显的叙事性。诗人虽然没有拘泥于诗人生活的细节，但却鲜明地勾画出杜甫"漂泊西南"的行踪脉络。他对诗人的深挚情感随着诗人的脚步渐入精微，透露着他对这位伟大诗人境遇的痛惜和伤悲。

当格林德里让自己的想象跨越历史的长河，追随着诗人的足迹在山林江河之间徜徉之后，他又回到了现实，带着未尽的思索和企盼。他等待着什么呢？是一位诗人之笔在他心中不断敲击着的情思？还是诗人感觉世界里不断涌出的涓涓灵感？这一点，诗人格林德里自己也是难以辨明的。

（刘晨锋）

别为我浪费很多时间

阿赫玛杜林娜①

别为我浪费很多时间，
别向我提出一个个问题。
你那善良忠诚的眼睛，
也不要凝视我的手臂。

春天里你不必踏着水洼，
追随我的足迹。
我知道——这次相会，
也于事无济。

你以为我是由于高傲，
才不跟你继续交往？
不，不是高傲，而是痛苦，
使我把头高昂。

（王守仁　译）

【赏析】

此诗的主人公是一个尝过爱情"苦果"却又能振作精神的女子。在苏联文学的人物画廊中，这是一个比较突出而鲜明的女性形象。

---

① 阿赫玛杜林娜（1937—2010），俄罗斯女诗人。属于"第四代"诗人的代表人物之一。1960 年毕业于高尔基文学院。她的作品有诗集《琴弦》《音乐课》《诗抄》《暴风雪》等。

全诗属于第一人称的陈述和倾诉，语气率直酣畅，虽未明写怨情，但怨情自见。诗人未去点明男女主人公之间何以情有所阻，只着重突出女主人公的痛苦决定，使其决绝之情溢于言表，从而更衬托出女主人公的内心矛盾和意志力量。

此诗深婉含蓄，平和的表面下激荡着感情的波澜。女主人公怨而不怒的愤激情感洋溢在女性那独特的豁达大度的胸怀里。坦诚的"劝说"中饱含着"剪不断、理还乱"的深情。全诗以"不是高傲，而是痛苦使我把头高昂"戛然而止，但女主人公那个性鲜明的突出形象却会依然留在读者的脑际，久久不会消逝。诗人对女主人公的同情和赞赏，尽在煞尾诗句的潜台词中。

如果说伊萨科夫斯基的爱情诗以较强的情节性为特点，那么，阿赫玛杜林娜的爱情诗则以抒情为主体，着力抒写主人公（尤其是女主人公）的心理活动，暗示其矛盾复杂的内心世界。而为了增强抒情的氛围，后者的诗中往往以某些情节的片断作为铺垫，在抒情中融入一定的叙事成分。正因为这样，阿赫玛杜林娜的爱情诗，常常具有情节若断若续却"情如泉涌"的特点。也许，她的爱情诗之所以能使读者的心弦为之震荡、与其和谐共鸣，奥秘就在这里。

（王守仁）

未来的历史

哈　特①

那时将有城市和群山，
和现在一样，

有钢铁军队，
踏过遗弃的广场，
他们一向如此。

那时将有待耕的田地，
风吹树摆，橡树籽，
散落。

碗盘依旧会摔碎，
毫无理由。

我们知道的就是这些。

未来在地平线的彼岸，我们听不到，
未来人们的一语一言，

① 哈特（1954—　），生于伦敦，澳大利亚颇有成就的诗人。他写各种体裁的诗，包括散文诗和十四行诗。他的第一部诗集表现出英国运动派诗人和奥登的影响，比较注重形式。在他的后两部集子中，他逐渐摆脱了诗歌形式的束缚，他的语言和情感表现得更加自如。

即使他们冲我们喊叫，

让我们不要，

炸他们的土地，毁他们的城市。

但那喊声传来就像一粒橡树籽，

掉在水泥地，

像碗架上的盘子，

在破碎的瞬间。

（杨国斌　译）

【赏析】

澳大利亚当今年轻的诗人们，与早期那些吟咏花草，为澳洲风光而陶醉的老一代诗人已经很不一样了。他们追随着现代派诗歌的足迹，关心的是现代的主题。他们思考生与死，对照今与昔，也展望未来。莱·马雷写了一首题为"未来"的诗，说"未来是个黑窟窿"，语调颇为感伤。哈特的《未来的历史》不同。这首诗讲述了一段未来的历史，诗中描写的未来无异于今昔。未来的世界将是当今世界的翻版，它必将保留今天的特征。那时仍将有大自然的存在，仍将有战争，人们也仍然要活下去。大千世界轮回反复，按照自身的规律自在运转：未来似乎没有什么可以展望的东西了——"我们知道的就是这些。"

然而，与其说此诗讲的是未来，毋宁说它是以未来为借鉴，其重心仍然放在现在。未来的人们呼吁不要再轰炸他们的土地，不要再破坏他们的家园。这同时也是诗人本人的呼吁。我们现在所生息的土地不属于我们自己，而属于未来的人们，因而我们就没有权利去进行破坏。可悲的是，今天的人们根本听不到后人的呼吁，因此不该发生的事情仍然在发生。

在这首诗中，哈特对未来历史的陈述和借未来之口所表达的对当今社会的不满，是以一种超然的、平和的语气表现出来的。它没有掺杂个人的成分，没有感情的色彩，也谈不上是一种强烈的抗议。

通篇我们都可以感觉到诗人对主题的有力的把握。诗的结构严谨巧妙。九节诗以中间的第五节为轴心，前后两部分很分明。在两部分的后两节，"橡树籽"和"盘子"两次在相同的位置出现，起到了前后呼应、连接全篇的效果。在语言上，此诗用词简单，却又恰到好处。诗人没有使用带感情色彩的字，表明了他超然的态度，而这种能与自己的作品保持客观距离的能力，恰是伟大诗人的标志。诗中的比喻，如"那喊声传来就像一粒橡树籽／掉在水泥地"，从前文的橡籽生发而来，非常新颖贴切，生动自然。

尼克拉斯·团恩博士在一篇题为"当代澳大利亚文学略览"的文章中，对哈特给以高度评价。他说："在当代诗人中，只有一小部分人严谨地推敲自己的作品，使之超出形式格律的范畴而成为具有艺术价值的作品。柯文·哈特就是这样一位诗人。他简洁明快的语言表现出他不仅仅是在观察，而且深入事物内部透视，并且并不太多地考虑技巧和文化的界限。"《未来的历史》一诗体现了团恩博士在此说到的哈特诗歌的特点。

（杨国斌）